JN240148

王を孕むなんて言われましても！

修道女ですが流浪の王子に溺愛されています

小山内慧夢

Illustration
里南とか

gabriella books

王を孕むなんて言われましても！
修道女ですが流浪の王子に溺愛されています

contents

第一章　王胎 …………………………… 4

第二章　流浪の王子 ………………………… 38

第三章　試練 …………………………… 70

第四章　仮面舞踏会 ………………………… 132

第五章　王を孕めと言われましても…………… 154

第六章　国王は王妃の野望を知っている……… 270

番外編　妻に関する記憶力 ………………… 291

あとがき ……………………………………… 300

第一章　王胎

（はぁ、なんだかおうちが恋しくなってきちゃった）

掃除の手を休めて、クロエは雑巾《ぞうきん》で拭いているベンチから窓へ視線を転じた。

窓枠の形に切り取られた空は本日も快晴で、クロエはペールグリーンの瞳を細める。

昨日、久しぶりに家族から手紙が届いたせいで、少し里心が付いたのかもしれない。

両親と弟から、それぞれ十枚程度綴《つづ》られた手紙は既に小包と呼べる厚さになっており、近況とクロエを心配する言葉がこれでもかと暑苦しいほどに連ねられていた。

特に五歳のときから会っていない弟のエミーディオはもう十五歳で、伯爵である父の後を継ぐべく本格的な勉強をしていると書かれていた。

瑞々《みずみず》しい抱負と共に姉上に会いたいと書かれると、今すぐに掃除を投げ出して会いに行きたくなってしまう。

（そんなこと、できはしないけれど）

クロエはため息と共に礼拝堂をぐるりと見回す。

石造りの礼拝堂は冷たさを感じさせるが、窓から入る陽光がそれを和らげてくれている。

十歳で見習いとして修道院で暮らし始めて十年。

屋敷で暮らしたのと同じだけの年数を、修道院で暮らしたことになる。

人生の半分を労働と祈りに捧《ささ》げてきたのかと思うと感慨深いが、自ら進んで修道院に来たわけではないクロエは複雑な心境になる。

幼い頃こんな良く晴れた日は、屋敷の庭で寝転がって小さな弟と一緒に昼寝をして、お腹《なか》が空《す》いたらお茶やお菓子、食事が望むだけ出てきていた。

今のなんでも自分でやらなければいけない生活とは大違いだ。

それに不満がないとは言えないが、しかしクロエはここにいることで『守られて』いるのだという。

(全然その恩恵を感じることはできないけれど)

ため息をつくと、クロエは床を拭いていた雑巾を年季の入った桶《おけ》の縁に掛けて持ち上げる。

丈夫だがその分重い桶にもすっかり慣れてしまった。

(伯爵令嬢だというのに、掃除洗濯料理が上手なんて……あと、畑仕事と食料の採集も)

貴族令嬢であれば必要なかったはずのスキルを身に着けて、娘盛りの時期を迎えたクロエはポツリと愚痴を零《こぼ》す。

「……早く結婚したい」

こんなところではそれも無理だけれどと俯《うつむ》くと、耳に掛けた白金の後れ毛がぱらりとひと筋顔に掛かった。

クロエ・ベネヴィートは控えめに言っても美しい顔立ちをしている。

王都で五本の指に入る美人と言われていた、母親の美貌を惜しげなく受け継いだかたちだ。

今は掃除のためにひっつめられているが、手入れをせずとも艶がある白金の髪は緩くウェーブしてたおやかさを演出しているし、憂いを含んだようなペールグリーンの瞳は見えないものをも映しているように神秘的に輝く。

私語もよろしくないと言われている修道院ではおしゃべりも気軽にできないが、愚痴は零しても基本的に真面目なクロエはそこそこうまく立ち回っていると言えるだろう。

恐らく修道院にいなければとっくに良縁に恵まれ、結婚していたと思われる。

名門ベネヴィート伯爵家の令嬢とは、安い名ではないのだ。

「礼拝堂の掃除が終わったので、野草を摘んできます」

「あら、ご苦労さま。近くで野犬を見たって言っていたから、お守りを持って行きなさいね」

厨房《ちゅうぼう》に声を掛けてから、クロエはいつものように近くの林に野草の採集に出掛けた。

修道院では基本的に自給自足の生活をしている。

規模が大きなところでは病院や醸造所を擁するところもあるが、クロエが生活しているのは王都とベネヴィート伯爵領のちょうど中間にあるユグミアーヌ領にある田舎の小規模なルサーク修道院だ。

人の出入りが少なく、顔馴染《かおなじ》みばかりだ。

(だから十年経《た》っても私が一番下なんだけれど。まあ、正式な誓願をしていない見習いだから仕方な

いか）

黙々とサラダにする野草やハーブを摘みながら、クロエは無意識のうちに唇を尖《とが》らせる。

見習いから脱したいわけではないが、同じ年頃の娘と話をしたいという欲求が爆発しそうなのだ。

おしゃべりは推奨されなくても消灯後の寝るまでの間とか、同室の友人とコソコソ話しながら眠りにつくなんて、とても楽しそうなのに。

ここでは年上ばかりだから、夜が早くてみんなすぐ眠ってしまうのだ。

バスケットいっぱいまで野草を摘んだクロエは、こんなものかと腰を上げ来た道を戻る。

あと少しで修道院、というところまで来たときに、緩くカーブした道の向こう側で争うような声が聞こえた。

「え、なに……？」

身構えながら様子を窺《うかが》うと、獣が威嚇する声が聞こえた。

「まさか野犬……？」

出掛ける時に注意を受けた言葉が脳裏によみがえる。

クロエはバスケットに忍ばせたお守り袋を握りしめ、及び腰で怖々近付く。

二人の男が五匹の野犬に襲われていた。

彼らは剣を抜いて追い払おうとしているが、野犬は群れで連携して諦める気配はない。

野生動物は生きるのに躊躇《ちゅうちょ》がない。

去年は特に長雨と乾燥が交互に来たせいで、作物の実り具合が芳《かんば》しくなかった。

人の手が入る修道院の畑もそうなのだから、森や林は言わずもがな。

餌になる小動物も減ったために、こうして人里に近いところまで野犬が下りてきたのだろう。

(だからと言って、人を襲っていいことにはならないわ……！)

クロエはお守りをぎゅっと握りしめると駆け出した。

「こらー！　やめなさい！」

突然大声で乱入してきたクロエに驚いたのは野犬ばかりではない。

襲われていた男たちも驚いて一瞬動きを止めた。

そのうちの一人がすぐにクロエに向かって声を張り上げる。

「馬鹿、こっちに来るな！　危険なのがわからないのか！」

切羽詰まった声は恐らくクロエを危険から遠ざけようとしたのだろうが、馬鹿と言われたクロエは心外だと声を荒らげる。

「まあ！　馬鹿とは失礼ね！　助けてあげようと思って駆けつけたのに！　さあ息を止めて！」

クロエは握りしめていたお守り袋の紐《ひも》を引くと、それを野犬に向かって投げつけた。

中身をまき散らしながら、お守り袋は野犬のちょうど真ん中に落ちた。

「ギャン！」

まるで火でも付いたように甲高く鳴き、野犬が転げまわって苦しみ出す。

「今のうちに修道院へ！」

クロエもそう言いながら駆け男たちに近付く。

ここからなら全力で駆けられる距離だと踏んだのだ。

しかし、お守り袋から一番遠いところにいた野犬には効果がなかったようで、一匹が猛然とクロエに向かってきた。

本気になった獣に人間が速さで勝てるわけはない。

言葉を発することもできず、ただ顔の前に手を翳《かざ》すことしかできず、クロエは身の丈に合わぬ出過ぎたことをしてしまったのだとようやく理解した。

（お守り袋を持っているからって出しゃばってしまった！　でも、あのまま知らんぷりできるわけない……っ）

痛みを覚悟して身体を強張《こわば》らせたクロエだったが、結果として痛みを感じることはなかった。男がクロエの前に手を突き出して、野犬から庇《かば》ったのだ。

「……くっ！」

「がるるる……ッ」

男の腕に牙を突き立てた野犬が唸《うな》ると、男は痛みに顔を歪《ゆが》める。

「あ……っ」

男のグレーの瞳の中に炎のような鮮やかな虹彩《こうさい》が現れた。まるで怒りを顕現させたような様子は神々しくもあり、クロエは目が離せなくなる。

うっかり見惚《みと》れてしまったクロエの視界にもう一人の男が映る。

彼は手練《てだ》れのようで、手にした剣を素早く薙《な》ぐと野犬を切り捨てた。

人を襲ったとはいえ、目の前で命が消えるのを見るのは嫌なものだ。口の中に苦いものが広がる。

クロエは心の中で野犬がせめて苦しまずに逝けるように願う。

「大丈夫ですか」

年嵩《としかさ》の男が若い男の噛《か》まれた腕を確認しながら尋ねると、クロエを庇った男が顔を顰《しか》めて低く唸る。

「そう見えるか」

大丈夫ではないだろう。

ただ切っただけではない、不衛生な獣の口腔《こうこう》内にはどんな病気が潜んでいるかわからない。

「あの、すぐに手当てを」

自分にも責任があるという自覚があるクロエは、頭の中で治療の手順を考えながら申し出ると、若い男が眉間にしわを寄せた。

「いや、いい。先を急いでいる」

いくら男でも痛いものは痛いはずだ。

男の態度はやせ我慢だと看破したクロエは、重ねて治療を申し出るが男は首を縦に振らない。困ったクロエは年嵩の男に視線を向けるが、彼は無表情を崩さず、なにを考えているか不明。

野生動物から受けた怪我《けが》は一刻を争うというのに。

（こうなったら奥の手だわ……っ）

クロエは若い男が逃げないように外套《がいとう》をしっかりと握った。

そして眉間にしわを寄せて目を大きく開ける。

視線を少し下に固定し一点を見つめていると、目の奥の方が潤みだすのを感じた。

「わたしの、せいなので……っ」

喉を絞めて声を震わせると、握った外套から男が僅かに動揺したのが感じられる。クロエはもう一押しだと己の眼球にエールを送った。

すると期待に応えるようにペールグリーンの瞳から一粒涙が零れる。

一つ落ちればこっちのものだとばかりに、涙は幾度も落ちた。

「お願いです、治療を……っ」

「……、わかった。わかったから泣くな」

根負けした若い男が天を仰ぐと、クロエは涙を拭いて弱々しい笑顔を作る。

「はい、ではこちらへ！」

男の怪我をしていないほうの手を引いて修道院の裏口から入る。

二人の男を連れて戻ってきたクロエに他の修道女は驚くが、怪我人《けがにん》なのだと言うとすぐに手当てを手伝ってくれた。

すぐそこにある水場で血を落とすと、牙が刺さったところを流水で念入りに洗う。

「随分手馴《てな》れているな」

頭上から降ってくる声に僅かに硬さを感じたクロエは、痛いのだと直感するがそれでも加減してやることはできない。

「申し訳ないですが我慢してください。しっかりと洗い流さないと」

今、傷を抉《えぐ》ってでも洗浄しないと、取り返しのつかないことになる。

クロエの内なる声が聞こえたのか、男は黙った。

その後念入りに消毒をしてから薬を塗り、最後に清潔な包帯を巻く。

「はい、出来ました……あの、危ないところを助けていただいてありがとうございました」

怪我の治療で後回しになってしまったが、自分を庇ってこんな怪我を負ってしまった男へ謝罪と感謝を伝える。

本当は自分が彼らを助けるつもりだったが、立場は逆転してしまった。

申し訳なさが先に立つが、それでも治療が済んだことでようやく表情を緩めたクロエに、若い男は無言で立ち上がった。

「世話になった」

すぐにでも出ていこうとする男の外套に、クロエは再び縋《すが》った。

「駄目です！　せめて一晩休まないと」

とになる。

「しかし……」

先を急ぐと言っていたのは本当なのかもしれないが、もし途中で傷が悪化したらそれこそ大変なことになる。

クロエはこれ以上なんと言ったらこの男を留《とど》まらせることができるのかわからずに、視線を彷徨《さまよ》わせる。

すると思わぬところから助けが入った。

同行者の年嵩の男が「せっかくだからここで一晩休もうぜ」と言ったのだ。

「なにを……」

「今から歩いても今日中には宿場には着かねえ。うまい具合に宿が見つかるとも限らねえなら、ここで一晩世話になったほうが利口ってもんだ」

年嵩の男は随分と旅慣れているらしい。

クロエはその尻馬に乗ることにする。

「そうですよ！　ここなら温かい食事だって準備できます！　上等ではないけれど足を伸ばして休めるベッドも、あたたかい毛布も……っ」

必死に引き止めるクロエに根負けしたのか、男は大きなため息をつくと肩の力を抜いた。

「そこまで言うのなら、世話になる」

クロエは安堵《あんど》の息をつくと、部屋の準備に奔走した。

難儀をしている旅人や、やむにやまれぬ事情のある人を受け入れることもある修道院ではすぐに準備が調う。そのためにクロエは日頃から予備の毛布を日干ししたりしているのだ。

ただ、奇妙なのは男たちを隣り合った一人部屋に案内した際、年嵩の男から「二人部屋はないのか」と聞かれたことだ。

クロエは一人ずつゆっくり休めるようにわざと一人部屋にしたため戸惑った。

「ええと、二人部屋だと狭いと思ったのですが……」

「せっかく用意してくれたんだ、ここで構わない。どうせ一晩だ」

若い男がぐったりと肩を落とす。

声にも疲労が混じっているのを感じたクロエは食事を運び、甲斐甲斐《かいがい》しく世話をした。

夜、野犬騒ぎで片付かなかった仕事をやっつけたクロエが静かな廊下を歩いていると、どこからか呻《うめ》き声《ごえ》が聞こえた。

「え、……気味が悪いわ……」

肩を竦《すく》め足早に去ろうとしたクロエだったが、自分がいるのが怪我人を案内した部屋の前だということに気付く。

（もしかして容体が悪化した？）

ゾッと寒気がしてクロエは控えめに扉をノックする。

応答はない。

時間は真夜中だから寝ているのかもしれないと思い耳を澄ますと、また、微《かす》かに呻き声がした。

「やっぱり……！　入りますよ！」

声を掛けてから扉を開けると、ベッドに横たわった若い男がひどく汗をかいて魘《うな》されていた。

「熱が出たのね！　どうして呼ばなかったんですか？」

夜に具合が悪くなったら鳴らすように呼び鈴を渡しておいたのに。

部屋を見回すと手が届かない窓辺に置いてあるのを見つけた。

「呼び鈴に外の風景を見せても傷は良くならないでしょ！」

怒りを言葉にするが、男から返事はない。

妙な苛立《いらだ》ちを覚えたクロエは男の顔に掛かった髪を避けて、額に手を当てて熱の具合を測る。

燃えるように熱かったが、初めてまじまじと男の顔を見て心臓が跳ね上がる。

（わ、わあ……、改めて見ると、こんなに素敵な人だったのね）

野犬に襲われたときに気付かなかったのが不思議なほどだ。

クロエが怪我の手当てをしたり部屋を整えたりしている間、若い男は外套を頑《かたく》なに脱がなかった。

それどころかフードすら外さなかったのだ。

よっぽど気取った男か、恥ずかしがりやなのねと思っていたが、ようやく納得した。

これほどに美しい造作をした男性ならば、顔を隠さなければ女性から思いを寄せられて困るだろうと思ったのだ。

艶《あで》やかな黒髪と長いまつ毛。すっと通った鼻筋は嫌味《いやみ》ではないギリギリの高さだ。その下の唇は薄く、今は苦しげに引き結ばれている。

「いけない、見惚れている場合ではないわ！」

クロエは桶に水を汲《く》み、濡《ぬ》らした手巾《しゅきん》で額を冷やした。

熱冷ましの薬草を煎じて飲ませると、男は朦朧《もうろう》とした意識でクロエを見て、腰に抱き着いてきた。

「ちょっと、大丈夫ですか？」

「……しんどい。少し、このまま……」

体勢がちょうどいいのか、男は消え入るような声でそう言うと意識を失った。

気絶したのかと焦ったが、寝息が穏やかなところをみると、眠ってしまったのだろう。

このままならばすぐに医者を呼ばなくとも大丈夫かとクロエは息をつく。

「ふう……お薬が効いたのかしら」

首筋に触れるとまだ熱いが、さきほどに比べたら呼吸は随分楽そうになっている。

シャツの背中が汗でしっとりしているのを見て、あとで着替えてもらうときに汗も拭かなければと思う。

（このまま少し様子を見て……飲めるようなら水も飲んでもらおう）

水差しには手を付けなかったのか、寝る前に準備したまま減っている様子はなかった。

一度浮かせた手の置き場がなくて、クロエは男の肩に手を置く。

そしてトントンと赤子を寝かしつけるようにゆっくりと叩《たた》いた。


「……い、おい、起きろ」

「はっ⁉」

間近で声を掛けられて瞼《まぶた》を開けると、すぐ隣に男の顔があった。

どうして修道院に男が？　と悲鳴を上げそうになるが、秀麗な美形に昨日のことを思い出し、なんとか叫び声を回避する。

「あ、具合はどうですか？」

どうやら看病の途中で寝入ってしまったらしいと気付いたクロエは、照れもあってはにかむ。

「……治った」

男はそう言うが、まだ目の際が赤くなっていて、雰囲気がぽやぽやしているように見受けられた。

「どれどれ」

クロエは昨夜意識がない男にしたように、軽率に額に手を当て熱を測る。

「……おいっ」

「あれ、まだ熱がありますね。まだ寝ていてください。朝のお勤めの後で食事を持ってきますから」

立ち上がって伸びをする。座った体勢で項垂《うなだ》れるようにして眠っていたので、首が痛かった。

「待て、もう十分だ」

しかしクロエは聞く耳をもたない、というように耳を塞いで部屋を出た。

修道院の朝は早い。

クロエは寝不足だったが生あくびをかみ殺して自分の仕事を大急ぎで片付けていく。なるべく早く怪我人に食事を届けたい一心だった。

掃除の最中にフラフラと歩く年嵩の男を見つけた。

年嵩に見えたが、クロエは髭《ひげ》をあたり小ざっぱりとした男は思ったよりも若いと気付く。

「おはようございます。よく眠れました？」

「おはよう。君は眠れなかっただろう？」

男はユルゲンと名乗ると、なぜかにやりと唇を歪めた。

その口振りからどうやら昨夜クロエが看病していたのを知っているようだ。

「クロエです。病人や怪我人の看病をするのは、ここではよくあることですから」

寝不足は否定せずそう微笑《ほほえ》むと、ユルゲンは目を細める。

「奴《やつ》は熱があって使い物にならなかっただろう？」

ユルゲンの言葉にはなにやら含みを感じたが、その正体はわからない。クロエは僅かに眉を顰《ひそ》めて首を傾《かし》げた。

「誰しも体調が優れない時はあります。使い物になるとかならないとか、旅の相棒に対して随分冷たいのですね」

昨夜の苦しげな彼の様子を思い出すと胸が痛む。

自分が出しゃばらなければ彼は野犬に噛まれることもなかったかもしれないし、熱に浮かされることもなかったと思うと申し訳なくなる。

「いや、あれはあいつが……まあ、いいか。とにかく助かった。俺たち二人でも野犬の群れは厄介だった。あの袋の中身はなんだ？」

顎に手を当てて覗《のぞ》き込《こ》むように顔を近付ける。背が高いのでそのようにするのだろうが、男性に免疫がないクロエはぎくりとして身を引く。

「あ、あれは動物が嫌がる臭いのする粉の詰め合わせです。よろしければお分けしますよ」

「助かる。無用な争いは避けたいからな」

ユルゲンは口角を上げると腕を組んだ。顔の位置が遠ざかり、彼との距離が開いてクロエはホッとする。

「もうすぐ朝食の時刻ですがどうされます？　食堂でとっていただいてもいいですし、部屋に運ぶこともできます」

「では食堂で。あいつには部屋に運んでやってくれるか」

そのつもりだったクロエは快諾して、会釈でユルゲンと別れた。

（そういえばあの人の名前を聞いていなかったわ）

食事を持って行ったときに聞こうと心に決め、クロエは残りの掃除を丁寧且つ迅速に終えた。

食事を乗せたトレイをもって男の部屋を訪れると、彼は大人しくベッドに入っていた。

やはり身体が本調子ではないのだと自覚があるのだろう。

クロエと目が合うとじろりと睨《にら》んできた。

「改めておはようございます。一応ミルク粥《がゆ》にしてみたんですが、食べられそうですか？」

「出された食事に文句を言うほど落ちぶれてはいない」

「ふふっ」

素直な性格ではないかもしれないが、クロエはこの男のことが嫌いではないと感じていた。

自分が怪我をしてまで他人を助けてくれたのだから、根は善良に違いない。

トレイを受け取って静かに食べ始める男に、名前を尋ねる。

「わたしはクロエ。あなたは？」

「……ヴァル」

男――ヴァルはぼそりと一言だけ口にすると、食事を続ける。

無愛想にされているのになぜか少しも不快ではない。

どことなく野良猫を餌付けしているような気持ちになる。

クロエは不思議に思いながらも、ヴァルが食事をしている間にベッドのシーツと毛布を交換した。

「じゃあヴァル、食事が終わったら身体を拭きましょう。着替えはありますか？　なければこちらで準備しますが……」

「ごほっ」

急に噎《む》せたヴァルは数度咳《せ》き込《こ》むと、「自分でできる」とぶっきらぼうに答える。

「遠慮しなくてもいいのに。怪我をしているんだから片手じゃ大変よ。熱のせいで汗をかいて気持ち悪いだろうし、わたしは慣れているから」

「……」

指摘されたヴァルは少しの間葛藤していたが、やがて小さく息をついてシャツを脱いだ。

どうやら嫌なことと天秤《てんびん》にかけて、気持ち悪さのほうが勝ったらしい。

クロエは余計に茶化《ちゃか》すことはせず、湯と着替えを準備する。

「……簡単でいいから」

「わかりました。では、背中から……あ」

ヴァルが背中を向けた瞬間、クロエは言葉を失った。

彼の背中には大きな瘢痕《はんこん》と火傷《やけど》の痕があったのだ。

「醜いものを見せてしまってすまない。やはり気持ち悪いだろう……自分でやるから」

声に淀《よど》みはなく、彼の中でもう完結した傷跡なのだろうと推察されるが、クロエにはそれだけで済まされない衝撃だった。

「……あの、もう痛くはないですか？」

古傷は雨の日に疼《うず》くというのを聞いたことがある。これほど深く濃く残っている傷ならさぞや痛むだろうと思うと、クロエは悲しくなってしまう。

（だから清拭《せいしき》されるのを嫌がったのね。わたしったら知らないとはいえ無理矢理みたいに……）

「痛くはない」

簡潔にそう答えたヴァルの言葉の外に『憐《あわ》れみは結構』という気持ちが表れていた。

クロエは唇をキュッと噛みしめると顔を上げる。

「……なら、拭きますね。失礼します！」

湿っぽくならないように努めて明るい声を出すと、背中を拭いていく。

鍛えているのか、細いのに引き締まっているのがよくわかる。

清拭が終わった後で腕の傷口を洗い、薬と包帯を交換する。

膿《う》んだ様子はなく、傷が塞がれば問題なさそうでほっとする。

「大事にならなくてよかった」

「あぁ……ありがとう」

スッキリした表情になったヴァルを見て、クロエは申し訳なさが襲ってきて、頭を下げた。

「本当にごめんなさい。わたしが軽率な行動をしなければ……」

項垂《うなだ》れると、頭の上からため息が聞こえた。

「いや、正直苦戦していたから、あの袋で四匹を無力化してくれたのは助かった。腕だけで済んで御の字だ」

話を聞くとあの五匹の他に八匹ほどを切り捨てたあとだったという。連携して次々と襲ってくる野犬に手を焼いていたと聞きゾッとする。

「ユルゲンさんみたいに強い人がいてもそうなのね……怖いわ」

「おいちょっと待て、なぜユルゲンを知っている」

眉を吊り上げて言葉尻を捕まえるヴァルを、クロエはどうどうと馬を落ち着かせるように両手を動かす。

「興奮し過ぎはよくないわ。さあ、また身体を休めて。怪我を早く治すにはまず休まないと。また後で様子を見に来るから」

「おい……っ」

まだなにか言いたそうなヴァルを無理矢理寝かしつけると、クロエは部屋を出た。

そんなふうに看病と仕事を並行して行っていたクロエは大忙しだったが、三日目にヴァルの熱が下がるとようやく安堵することができた。

「腕の傷はまだ様子を見ないといけないけれど、熱が下がったのはよかったわ」

「甲斐甲斐しく世話を焼くクロエ嬢ちゃんは、ヴァルの嫁さんみたいだったぞ」

ユルゲンがニヤニヤしながら揶揄《からか》うと、クロエは顔を赤らめて手をバタバタと動かす。

「やだぁ、ユルゲンさんったら！」

「馬鹿なことを」

ヴァルが固い声で顔を背けるが、クロエにはそれは照れ隠しだとわかった。熱が下がったはずなのに耳が赤くなっていたからだ。

この三日間でクロエはこの二人と随分打ち解けたと思っている。

ヴァルはまだ警戒しているところがあるが、その分ユルゲンはゆるゆるで、ずっと昔から知っている近所のおじさんのように感じていた。

その頃から、クロエはよくヴァルと目が合うようになった。

元々傷の具合は大丈夫かと目で追っていたのだが、クロエがヴァルを見つけて視線を向けると、向こうもすぐ気付くようで、クロエのほうに顔を向ける。

最初は単なる偶然だと思っていたが、頻繁に視線が合うようになると偶然とは言えなくなってきた。

「ねえ、どうしてわたしを見るの？」

思い切って聞いてみると、ヴァルは訝《いぶか》しげに首を捻《ひね》る。

「クロエが俺を見ているんだろう？」

慌てて怪我の具合が気になるからだと弁解すると、ヴァルは呆《あき》れたように息をつく。

「ほら。だから、クロエが俺を見ているんだ。その視線が気になって俺はそっちを向くだけだ」

おかしな含みはないのだと弁解したつもりが、結局ヴァルを見ていたことを認めたようになってしまった。

クロエはそれ以上なにも言えず顔を真っ赤にしてきびすを返した。

（い、言われてみればそうだわ！　わたし、いつの間にかヴァルをずっと探していた……！）

もちろん怪我の具合を心配する気持ちからだったが、混じりっけなく心配だけをしていたとは言い切れない。

（だって、胸が勝手にときめいてしまうんだもの……）

誰もいない修道院の裏手まで逃げてきたクロエはまだ高鳴る胸にそっと手を当てた。


「だいぶ修道院に世話になったから……」

「えっ」

ヴァルの言葉にクロエが過剰に反応する。

もしかしてすぐにでも出ていくつもりなのかと感じたのだ。

「……男手が必要なところはないか？　去る前になにか手伝いを、と思ったんだが」

クロエの剣幕《けんまく》に驚いたヴァルが口をへの字にすると、壁にもたれていたユルゲンが顔の下半分を手で覆う。肩が小刻みに震えていることから笑っているのだとわかる。

「……あ、あぁ……、ええと……そうね。院長様に聞いてみるわ。きっとお願いしたいことがあるはずだから！」

自分の言葉があまりにも気持ちを乗せすぎていたと気がついたクロエは、さっそく院長に聞いてくると言ってヴァルの部屋を飛び出した。

（いやだわ、そんな、離れたくないみたいな……ヴァルとはそんなんじゃなくて、年が近いから話し相手がいなくなったら寂しいと思って……！）

必死に言い訳をするが、クロエの胸の鼓動は激しくなる一方だった。


ヴァルとユルゲンの申し出を、院長は喜んでくれた。

つまり、男手を必要とする仕事はたくさんあったのだ。

「ええと、あの……全部じゃなくても……できる範囲で……」

リストを見せながらクロエは申し訳なくてもじもじと身を捩《よじ》った。

上から希望順に並んでいるそれは、人を雇ったらかなり金額がかかるであろうという仕事量である。

「こういう仕事はいつもどうしているんだ」

「……村の人に時間があるときは手伝いをお願いしたり……緊急のときは院のへそくりを……」

もじもじとしながら唇を尖らせるクロエの様子は、そんなへそくりの存在は無いに等しいということの表れだ。

修道院の経営はどこも楽ではない。

院で生産して換金できるものと言えば、畑で収穫できる少しの野菜くらいなものだ。

だが、修道院で収穫できるものは近隣の民家でも作っているため、実際には売るあてはない。

経営はほとんどが寄付や公的な支援で賄われている。

しかしここ最近、公的な支援は滞りがちだ。

頼みの綱はクロエの実家のベネヴィート伯爵家からの寄付である。

だからクロエは正式な誓願をせずに見習いのまま十年もここにいることができるし、手紙のやりとりにも特になにも言われずに済んでいた。

国王は修道院や孤児院のような施設に興味が無いようで、このままでは早晩立ち行かなくなるだろうということは誰もがうっすらと考えている。

寄付の当てがない街や村にある修道院は推して知るべしというものだろう。

「……」

リストを見て黙ってしまったヴァルに、クロエが慌てて話しかける。

「あの、怪我もまだ万全じゃないし、無理しなくていいから……」

どんどんと声が小さくなるクロエを見遣《みや》り、ヴァルがため息をつく。

それにビクリと肩を反応させたクロエだったが、聞こえてきたのは思わぬヴァルの言葉だった。

「道具はあるのか？　希望順ではなく緊急性の高いものから手を付けたい。折れそうな木の枝の処理と柵の修繕からだ」

それは手を貸してくれるという返事にほかならず、クロエはパッと顔を明るくした。

「裏の納屋にあるわ！」

二人は手際よく作業を進めた。

人生経験が豊富そうなユルゲンはともかく、ヴァルはあまりその手の作業に従事するような感じはないのに、ユルゲンに的確な指示を出して物事を進めていく。

(なんだろう……場慣れしているというよりは、問題への理解度が高いというか？)

どうすれば最短で問題を解決できるか考えてから行動しているように見えた。ユルゲンはヴァルの指示の元、特にてこずった様子もなく粛々と作業をしていく。

時折必要な道具や材料の手配で声を掛けられることはあっても、それ以外はクロエも自分の仕事をすることができた。

(最初は気にしていたけれど、全然危なっかしいことしないのよね……)

柵《さく》を直している二人に昼食を届けがてら、クロエも外でパンやチーズを頰張《ほおば》っていると、草が伸び放題になって風にそよいでいるのが気になったのか、ヴァルが声を掛ける。

「柵を直し終わったら草を刈ろうか」

確かに野生動物がうろついていることを考えれば、見通しがいいに越したことはない。

ヴァルの細やかな気配りに笑顔になりながらも、クロエは首を横に振る。

「ああ、あれは大丈夫」

「だが嬢ちゃん。範囲が広いし、かなりの手間だぜ？」

遠慮していると思ったのか、ユルゲンも重ねて言ってくれるのを見てクロエは立ち上がる。その足で納屋に向かうと、中から人の背丈ほどもある大鎌を出してきた。

「⁉」

驚く二人にクロエはにこやかに大鎌を振ってみせる。

「専用の道具があるから。これ、便利なんだけれど扱うにはコツがいるの」

だから草刈りだけは人に頼むより自分たちでやった方が速いのだと笑うと、ヴァルとユルゲンは頬《ほお》を引き攣《ひ　つ》らせた。

「なるほど……悪漢対策はばっちりだな」

急いでいるはずの二人はしばらく滞在しながら、修道院の雑務を進んで片付けてくれた。

そうしているうちにクロエは、ヴァルが他の修道女よりも自分に接しているときのほうが表情に柔らかさがあることに気付く。

（いや、それは単純に接する機会が一番多いから……、あと年も近いし）

しかし強張ったヴァルの顔が、自分を見つけると僅かに柔らかく綻《ほころ》ぶのを見るにつけ、クロエの胸はドキドキと高鳴るようになった。

若い男に免疫がないからだと自分を叱咤《しった》するが、それだけではないことを誰でもなくクロエ自身が知っていた。

ヴァルがクロエの名を呼ぶときに少しだけ混じる照れのような違和感は、その度にクロエの胸を甘酸っぱいもので満たしていく。

(もしかしてわたし、ヴァルに恋をしているのかしら)

このままでは気持ちが溢《あふ》れ出てしまうと思ったクロエは気持ちを落ち着かせるために、窓の外を見た。

消灯時間を過ぎ、真っ暗になった外に目を向けても、ざわざわという風の音しか聞こえない。

いつしかクロエは深い思考の波に落ちていった。


クロエがこのルサーク修道院に来ることになったのは十歳のときだ。

蝶《ちょう》よ花《はな》よとなんの不自由もなく育てられ少しお転婆《てんば》だったクロエは、五歳になる弟のエミーディオと庭で遊んでいた。

そこで、道を歩いている旅人がよろよろとおぼつかない足取りになった直後、その場にばったりと倒れる場面を見たのだ。

慌てて大人を呼びその旅人を保護し、伯爵家でしばらく面倒を見た。

回復した旅人は自分を占い師だと言い、お礼にと言って手相や顔相を視《み》たり、カードを操って失《う》せ物探しをしたりしてみなを驚かせた。

子供らしく不可思議なことに興味のあったクロエが自分を占ってほしいと頼むと占い師は快諾し、

懐から古いカードの束を取り出す。

クロエにその中から数枚のカードを引かせ、なにやら並べたり位置を変えたりするうちに顔がどんどん険しくなり、顎に手を当てて黙り込んでしまう。

「ねえ、なにかよくない結果だった？」

クロエとしては将来結婚する相手がどんな人物だとか、いついついいことがあるよとかそういうことを言ってほしかったのに、人の好《い》い老爺《ろうや》がまさかそんな渋い顔をするとは思わなかった。

不安になって尋ねると、占い師はクロエの顔を穴が開くほど眺めたり、手相を何度も見たりしたあと小さく「王胎……」と呟《つぶや》いた。

「おうたい……？　それってあのおとぎ話のおうたいのこと？」

信心深い両親の影響でアレンブラウ国に伝わる創世神話を就寝時に聞きながら育ったクロエは、今は誰も紐解《ひもと》かぬほど古臭い創世神話に馴染《なじ》みがあった。

創世神話に少しだけ登場する『王胎』とは、腹に宿した子が神の祝福を得てアレンブラウ国の王となった女性のことだ。

神話では王胎よりも彼女から生まれた王そのものの功績や声明に重きを置いているため、長い創世神話でも僅か数行しか語られていない。

故にアレンブラウ国でも『聞いたことがあるような、ないような……？』という者がほとんどだろう。

クロエは偶々《たまたま》知っていたに過ぎない。

「お嬢様、お父上とお話をしたいのだが」

これまで親しげにまるで孫に接するようにしていた占い師との距離が急に開いた気がして、クロエは背筋が寒くなった。

占い師は言わなかったが、きっと占いの結果がよくなかったに違いない。

クロエはぶるぶると震える手を握り涙を堪えた。

それを見て側《そば》にいた弟のエミーディオがしゃくりあげる。

「ひ、ひぃん……っ、ねえさま……っ」

「大丈夫、ちょっとお父様を呼んでくるわね」

弟を不安がらせてはいけないと唇を固く引き結び、クロエは占い師の部屋を出た。


翌日クロエは父から、自分が『王胎』であるらしいと告げられた。

まさか神話の世界の話が自分に降りかかってくるなどとは信じられなかったクロエだったが、父母の真剣な顔を見て、それが冗談ではないことを悟った。

「誰かに『王胎』だと知られれば、良くないことが起きるかもしれない」

だから、と言葉を切った父はその後が続かない。

母は声を押し殺して泣いている。

場の空気が重く淀んでいて、父と母の苦悩が苦しいほどわかったクロエは人知れず修道院に見習いとして入って人目を避けることを了承した。

そのときは詳しく説明されなかったが、今ならわかる。

なんとしても自分の家門から王を輩出したい不届きな輩に誘拐され犯される可能性、そして王の地位を脅かされないためにクロエを殺そうとする輩がいる可能性があるためだ。

（本当に王胎かどうかもわからないのに……）

クロエは案外眉唾だと思っている。

もしもあの占い師が好々爺《こうこうや》の皮を被った守銭奴だったら、クロエを王胎だと偽って口止め料をせしめることも可能だからだ。

その証拠に老爺《ろうや》がベネヴィート伯爵家から多額の口止め料を受け取って屋敷から去ったのを、クロエは知っている。

王胎と言っても目印になるようなものもなく、精神的になにか感じることがあるというわけでもない。

根拠はあの占い師がそう言ったという一点だけ。

だが、両親は異常なほどに占いの結果を信じ、恐れた。

クロエとしてはある日突然家族から引き離され、世捨て人のような自給自足生活を送っているという認識だ。

（でも万が一間違いだったということもあるし、結婚相手さえ見つかれば）

寄付金と一緒に年に何度か送られてくる家族からの手紙の最後には、決まって『いつか好きな人ができて、その人とならばどんな困難も乗り越えられると思ったら修道院を出ておいで』と書かれている。

クロエとしても、自分が産む子供が本当に王になるなんて半信半疑だ。

産まれるとしても女の子かも知れないし、もしかしたら子供ができないかもしれない。数人産んだ場合はどの子が王になるのか等々、伝承が古すぎて王胎についてはわからないことだらけなのだ。

（そもそもわたしが王胎だという前提があやふやなんだから。子供だって将来は王様じゃなくても好きにしたらいいわ）

クロエは自分の将来を想像してみる。

広い庭には大好きな白いバラのアーチがあって、おっとりとして大きな白い犬と少し生意気な黒猫が眠っている。

綺麗《きれい》な花が咲き乱れる花壇の上をひらひらと飛ぶ蝶《ちょう》。

それを追いかけて走り回る幼子と笑顔で見ている自分と、ヴァル。

「きゃあああ！　やだ、わたしったら！」

自分の妄想の夫役としてヴァルが登場したことがこんなにも照れくさいなんて思わなかったクロエは、両手をバタバタと大きく振る。

（違うの、わたしが知っている男性ってヴァルくらいだから……！）

だから、咄嗟《とっさ》にヴァルを思い浮かべてしまっただけだ。

そう自分に言い聞かせながらも、クロエの頬の火照りはなかなか引かなかった。

その後もクロエの頭の中はヴァルのことでいっぱいだった。

出会ったときにクロエを庇って怪我をしたヴァル、熱でぼうっとしたヴァル、回復して気を許したように柔らかい表情になったヴァル……どんなヴァルも素敵だと思えて仕方がない。

（もうヴァルを頭から追い出すなんて無理……！　こうなったら前向きに考えてみよう……結婚相手として！）

クロエは両の拳をぐっと握ると固く決意した。

第二章　流浪の王子

ヴァルの腕の怪我もそろそろ包帯が取れるほど回復した。

先を急いでいるはずのヴァルとユルゲンは修道院にとどまり続け、お陰で修道院の補修は飛躍的に進み、随分と住みよくなった。

宵の口、不用品をまとめて燃やした火の番をしているヴァルの側にカップを持ったクロエがやってきた。

ヴァルに手渡したのはブランデーを垂らした紅茶で、クロエはブランデー入りのホットミルクだ。

「酒を飲んでもいいのか？」

「少しくらいは神様だって許してくださるわ」

椅子代わりの丸太に並んで腰掛けたクロエとヴァルは、黙ってカップを傾けた。

顔が炎に照らされ、クロエは目を細める。

「ねえ、ヴァルはどこから来たの？」

これまでプライベートに踏み込むことはしないほうがいいと思い、聞かなかったことを敢《あ》えて聞いてみたクロエは胸を高鳴らせていた。

「ルグオレア国からだ。生まれはアレンブラウなんだが、わけあってしばらく向こうにいた」

「まあ、ご親戚がルグオレアに？」

瞳を輝かせたクロエにヴァルは首を振る。

「いや、……友人が」

隣国など行ったことがないクロエは前のめりになって興奮する。

「外国にお友達がいるなんてすごいわ！　ねえ、どうやってお友達になるの？」

修道院に来る前に、少しだけ交流があった令嬢たちはいたが、親を介しての付き合いだった上に深く付き合う前に没交流になってしまったため、クロエには友人と呼べる存在がいない。

結婚相手もそうだが、同性の友人もクロエにとっては憧れの存在なのだ。

「家同士の繋《つな》がりで……、向こうがとても気さくな人物で」

「素敵！　わたしもお友達が欲しいわ……！」

クロエは口が重いヴァルにせがんで異国の話を聞かせてもらった。

いくら隣と言えど文化も風習も違う。クロエが興味のままにあれこれと尋ねると、おしゃべりではないヴァルだったが、説明するのは意外に上手だった。

クロエは頬を紅潮させ、ほうと息をつく。

「憧れるわ……。わたし小さい頃からずっとここにいるから、ヴァルみたいに国を股にかけて旅をするのが夢なの」

瞳を輝かせるクロエと反対に、ヴァルは瞳を濁らせる。

「そんないいもんじゃない」

木の枝で焚火《たきび》をつつくヴァルの顔には表情が乏しい。美しいグレーの瞳はただ無機質に炎の揺らめきを映していた。

クロエには、それがひどくよくないことのように思えて、思わずヴァルの服の袖を引いた。

「ねえ、ヴァルのご両親は？」

「ずっと前に死んだ」

「あ……、お悔やみ申し上げます……」

「……」

「…………」

「なんだ」

言うべきことが見つからずに、クロエは唇をムニムニと動かす。

なにかヴァルに言ってあげたかったが、どんな言葉がヴァルの心に響くのかわからずもどかしかった。

「うぅ……っ」

「……なんだ、眠いのか」

口の端だけで笑ったヴァルに首を振って違うと意思表示すると、大きな手のひらがクロエの頭をワシワシと撫《な》でた。

「気にするな。お前が見る世界は、きっとお前の瞳のようにキラキラしているんだろうな」

そのままでいてくれと呟くと、ヴァルはまた焚火を見た。

＊　＊　＊

炎を見ると、いつも父母の死を思い出す。

ヴァルは努めて無表情を装う。

こんな奈落の底のような気持ちをクロエに見せたくはなかった。

ヴァル――ヴァルフレートの父セシリオはアレンブラウ国の王太子だったが、祖父である国王が病死した九年前、即位を目前にして妻ダフネと共に実の弟に殺された。

公式には火事に巻き込まれた不慮の死ということになっているが、その場にいて自身も殺されかけたヴァルフレートは知っている。

晩餐《ばんさん》のときに弟アドリアンから即位祝いとして贈られたワインを呑《の》んでいたセシリオとダフネは、僅かに眉を顰めた。

それを見たヴァルフレートは口に合わなかったのかと考えたが、さすがに口にしなかった。アドリアンは気分屋でちょっとしたことで機嫌を悪くするからだ。

「おや、お口に合いませんでしたか」

だから、アドリアン本人がそのようなことを言ったことに驚いた。

普段は人のことなど気にもかけない男が、自分の贈ったワインが口に合うか気になるものだろうかと意外に感じたのだ。

「いや、そんなことはない。とても美味だ」

「ええ、とってもおいしいわ」

二人は完璧な笑顔で杯を重ね、ワインを選んだアドリアンのセンスの良さを褒める。それを見たアドリアンは安堵したり照れたりせず鼻で嗤《わら》った。

まるで二人を馬鹿にするためにわざと飲み頃を外したワインを贈ったみたいだとヴァルフレートは視線を外して考える。

セシリオとアドリアンはあまり仲が良くない……というか、アドリアンが一方的に兄を嫌っているのだ。

セシリオが立太子するときも、即位を決めたときも揉《も》めたと聞いているヴァルフレートは、アドリアンを身内として意識することができずにいた。

セシリオが即位を決めて自動的にヴァルフレートが次期王位継承権一位になってしまって、特にそれを感じていたが、そのときまではまさか殺したいとまで思われていたとは気付かなかった。

晩餐後急に眠気を訴えて父と母が寝室に入ったときは、嫌な予感がしたにもかかわらず気のせいだろうと違和感を見逃した。

しかし夜半になりどうしても胸騒ぎがして寝室を訪ねると、警備の兵が倒れていた。

死んでいるのかと思ったが眠らされているだけのようだった。

しかし王族の寝所を警備する者が昏倒《こんとう》しているとなるとただ事ではない。

慌てて寝室に飛び込むと、母ダフネがベッドに血まみれで事切れている。

「母上！」

混乱のまま母を揺さぶるが反応はない。

「父上！」

一緒に寝室へ入ったはずのセシリオの姿を探そうとしたヴァルフレートは、背中に火掻《か》き棒を当てられたような熱さを感じて声を詰まらせる。

斬りつけられたのだと理解するのに時間がかかったのは、激しい混乱の中にいたからだろう。悶絶《もんぜつ》してベッドの向こう側に倒れ込むと、そこには母と同じく血まみれの父がいた。

既に生気は感じられない。

「……！」

怒りでどうにかなってしまいそうなヴァルフレートの耳に、耳障りな哄笑《こうしょう》が聞こえる。

叔父のアドリアンだ。

彼は卑怯《ひきょう》にも背後からヴァルフレートを斬りつけたのだ。

「は、ははは！　こんなに簡単に事が運ぶとは。まるで虫けらだ！　ああ、もっと早くこうすればよかった！」

「殿下、騒ぎになる前に去りましょう」

アドリアンの他にもう一人、誰かがいた。

低くくぐもった声に聞き覚えがあるような気がしたが、傷が痛くて考えがまとまらず、誰だか思い出せない。

（叔父の単独犯ではない、協力者がいた……？）

朦朧とする頭でなんとか身体を起こそうとするが、血を流し過ぎたせいかうまくいかない。そのうちに寝室に火が放たれた。

（私たちもろとも証拠を隠滅するつもりか……っ）

ヴァルフレートは己の無力さにはらわたが灼《や》けるような怒りを覚えた。

絶対に許すことはできない。

必ず報いを受けさせてやる。

その一心で床を這《は》いずったヴァルフレートは瀕死《ひんし》の状態で護衛のユルゲンにより助け出され、一時避難として友好関係にあった隣国ルグオレアの王子アルフォンスに助けを求めた。

国内では既にアドリアンが近衛や各騎士団を掌握していて、存命を知られたらどんな扱いをされるかわかったものではない。

用意周到さを考えれば、王太子襲撃は事前から計画されたものだと思われた。

それをひっくり返すにはそれなりの準備が必要となる。

さらに悪いことにヴァルフレートが負った傷は深刻なものだった。

広範囲の火傷と背中の切りつけられた傷を癒《いや》し、更に鍛えるのにかなりの時間を要した。

本当はすぐにでも弑逆《しいぎゃく》の大罪を犯した叔父を断罪したかったが、万全の状態でなければ返り討ちに遭ってしまうとアルフォンスに諫《いさ》められ時期を待った。

隣国にいても流れてくるアドリアン王の悪評に、ヴァルフレートの中の血が叔父を許すなと燃え滾《たぎ》り、背中の傷と両目が疼く。

祖父や父が愛し、アレンブラウをいい国にしようとしていたその志までが踏みつけられ、好き勝手荒らされたことに怒りを禁じえない。

そしてとうとう、満を持して故郷の土を踏んだ。

王都に近付くにつれ気が逸《はや》り、叔父への憎悪を煮《に》え滾《たぎ》らせすぎて焦りが見えたヴァルフレートだったが、思わぬ足止めを食うことになった。

怪我のことももちろんあったが、なによりもヴァルの気持ちをこの地に留めるのは、クロエの存在が大きい。

素直で少し抜けていて、未来を語る瞳がキラキラと美しい娘をもう少し、あと少し見つめていたいという気持ちが溢《あふ》れ、更には独占したいという気持ちが大きく育ってしまった。

しかし純真なクロエをどろどろとした王家の問題に巻き込むのは気が引けた。

それにクロエは田舎の修道院にいるにしてはどこか高貴な雰囲気が違う。

村娘と言うには佇《たたず》まいが凛《りん》として美しく、淑女としての教育を受けたことがあるような立ち振る舞いを感じる。

国の援助も満足に届かぬ修道院で、貧しくも慎《つつ》ましい暮らしを強いられているクロエを助けたい。

叶《かな》うならば自分が幸せにしたいという気持ちが日に日に膨らんでいくのが、ヴァルフレートには恐ろしかった。

彼には果たさなければいけない復讐《ふくしゅう》がある。

（このままここにいては、クロエを手放してやれなくなってしまう）

そうなってしまう前に、自分は修道院を出なければならない。

しかしクロエの横顔を見ていると、その決心が揺らぐ。

（俺は弱い……）

ヴァルフレートは奥歯を食いしばった。

＊　＊　＊

「ねえ、秘密の話をしない？」

長い沈黙の後、クロエは突然そんなことを言った。

いつの間にか夜は更け、隣に座るクロエの表情はどこかとろんとしていていた。

「本格的に眠いのか？　それとも……」

ヴァルフレートが訝しげに眉を寄せるとクロエは「眠くない！」と駄々《だだ》をこねた。

その態度からクロエが酒に酔っているのはあきらかだった。

酒も少しならいける口のようなことを言っていたが、ミルクに僅かに垂らした酒精でもクロエを酔わせるには十分だったのかもしれない。

「……部屋まで送ろう」

もちろんここは外と言っても修道院の敷地内で、一人で部屋に帰してもなんの問題もない。

だがクロエが酔った末に転んで怪我でもしてしまっては後味が悪いし、そうなってしまえば心配で出立が今以上に遅れてしまうことになるかもしれない。

ヴァルフレートはやれやれと呟きながら腰を上げようとしたが、それを他ならぬクロエが引き止めた。

「ちょっとぉ、これから話すのは、誰も知らないことなのよォ！」

ムキになったクロエは思いのほか強い力でヴァルフレートのシャツを掴《つか》む。

酔っていて力の加減ができないのだろう。ヴァルフレートは大声で喚《わめ》かれても面倒だと思い直し、再び丸太に腰を落ち着かせた。

そんなヴァルフレートを見て、クロエは「よしよし」と満足げな表情を浮かべる。

「で、秘密の話だったか？」

「そう、お互いに秘密にしていることを打ち明けることによって、より仲良くなるの！」

ヴァルフレートが話の水を向けると、クロエは声をひそめる。

くふふ、とくすぐったそうに笑う様子は、ヴァルフレートをどきりとさせた。

「ねえ、耳を貸して」

よほど重大な秘密らしく、クロエは身体を寄せてヴァルフレートの太ももに手を置く。

少し伸び上がって耳に直接息を吹き込むようにすると、小さく囁《ささや》いた。

「わたし、実はヴァルのこと……ヴァルと結婚できたらいいなって思っているの」

「！」

思いがけない言葉に、ヴァルフレートは目を見開く。

信じられないというように数秒見つめたあと、グレーの瞳を伏せ、薄い唇を噛む。

「うふふ、内緒ね」

そう言っただけで満足したのか、クロエはヴァルフレートから離れて照れたように両手で頬を押さえている。

「……ああ」

短く言うと、ヴァルフレートは唇を強く引き結ぶ。

その手は白くなるほどに握られていた。

「両親から結婚してもいいと思えるような相手が見つかったら、修道院から出ていいって言われているの。ヴァルと出逢《であ》ったとき、予感めいたものを感じたから……あ、誤解しないでね、別にここを出る言い訳にしたり想《おも》いを強制したりするわけじゃないのよ」

火照った頬のまま、手を前につき出してパタパタと振るクロエの手を、ヴァルフレートが掴んだ。

急な動きと触れ合いにクロエが息を呑む。

ヴァルフレートのグレーの瞳が鋭く光った気がしたのだ。

「もし、俺が王族ならどうする？　それでも一緒になるか？　俺の子を産んだら否応《いやおう》なく次代の王候補になり、権力争いに巻き込まれる」

低く、まるで試すような声音は、通常ならクロエを心底寒からしめただろう。

だがクロエはいい感じに酔っていた。

肩を竦めてくふふ、と笑うと目を細めた。

「わたし、小さいころに王胎だって言われたことがあるのよ。ヴァルが王子様で、わたしが王胎なら、こどもは確実に王様になるわね！　素敵、まるでおとぎ話みたい！　いい国にしましょうね！」

そう言うとクロエはヴァルフレートに抱きついて、頬に口付ける。

「待て、王胎だと？　本当なのか？」

ヴァルフレートが気色ばむが、クロエはふにゃふにゃしている。

「わからないわ、確かめようがないもの。でもわたしはヴァルが王子様じゃなくても好きよ！」

「～～～ああ、もう！　お前は危機感がない！」

急に強い力がクロエを引き寄せると、唇が塞がれた。

重ねるだけの拙いキスだったが、クロエは初めて唇に口付けされて驚く。

「ヴァル……？」

「俺も、お前を好ましく思っている……王胎だからではなく、クロエだから」

「あ、……」

ヴァルフレートに名を呼ばれたクロエは、胸の深いところが疼くような気がして咄嗟に胸を押さえた。

こんなに心が動いたのは初めてのことだ。

弟が生まれたときも家を離れなければいけないときも心が大きく揺れ動いたが、これほどまでに深く感銘を受けたことはなかったように思う。

「ヴァル、もう一度して……」

キスをせがむと再び唇が重なる。

今度は瞼を閉じてゆっくりと味わう。

角度を変えて押し付けられるうちに、薄く開いた唇の隙間から舌が入り込む。

熱く滑るそれはすぐにクロエの舌を捕まえて絡め、擦り合わされる。

「ん、んん……っ、ヴァ、」

ヴァルフレートに縋ると舌先をジュ、と吸われて腰が戦慄《おのの》く。

身体が熱い。

焚火の側にいるからではなく、身体の中から炙《あぶ》られるような感覚がしている。

ようやく口付けから解放されたクロエが荒く息をすると、ヴァルフレートの手が伸びてきて唇を拭われた。

「いやじゃなかったか?」

ヴァルフレートから僅かに恐れのようなものを感じ取ったクロエは首を横に振る。

「ううん、そんなことない。もっとしていたいわ」

「……お前……、魔性か」

失礼なことを言われ反論しようとした唇が再び塞がれた。

今度はもっと深く重なり、口内のあらゆるところを舌で探られる。

歯列や口蓋まで愛撫《あいぶ》されると、触れられてもいないところがゾクゾクとおかしな反応を返す。

「あ、ヴァル……っ、わたしなんだか、変……っ」

膝をもじもじさせると、ヴァルフレートはクロエを自分の膝に乗せて抱きしめる。

「俺は紳士じゃない。今更そんなつもりじゃなかった、酔っていた、なんて言われても止まらないからな」

それがなにを意味しているのか、クロエにだってわかる。

ぎこちなく俯くと、小さく頷《うなず》く。

「うん……、やめないでほしい……っ」

「クロエ……」

顎を上向かせられ、また唇が重なるとすぐに舌を絡ませ合う。

まるで溶けてしまいそうな官能の坩堝《るつぼ》に、クロエは眩暈《めまい》がするようだった。

「ん、あ……っ」

ヴァルフレートの手が、細く喘《あえ》いだクロエの太ももにかかった。

ゆっくりと動かし、指の腹が内股を撫でる。柔らかい肉を味わうようなその動きに、脚のあわいが湿るのがわかった。

「あ、ヴァル……っ、あの……っ」

「クロエ……っ」

指先が秘された部分に到達する直前、焚火にくべられた木が大きな音を立てて爆《は》ぜた。

互いにビクリと過剰に反応し、焚火を見つめ、暫《しば》し無言になる。

「……危ないから、火は消すか」

「そ、そうね！　わたし、水を汲んでくるわ」

慌てて身繕いをして立ち上がったクロエの手をヴァルフレートが引いた。

「これで終わりではないぞ？」

「あ、うん……わかってる。わたしだって……」

我慢ができない。

もじもじと膝をすり合わせ、違和感のあるあわいを宥《なだ》める。

早く触れてほしいと思いつつも、そんなはしたないことを口に出来なくて葛藤するクロエだった。


火の始末をして、二人は寄り添いながらヴァルフレートが使っている部屋まで来た。

クロエの部屋は他の修道女と近く、障りがあると思ったからだ。

しかしヴァルフレートの部屋の隣にはユルゲンがいる。

睦《むつ》みあっていれば、きっと隣室の異変に気付くだろう。

声や物音を出さないように気をつけなければと思っていると、ヴァルフレートに肩を抱かれた。

「……隣はいないから安心してくれ」

「え」

どういうことかと聞こうとしたが、すぐに唇を塞がれる。

焚火の側で交わしたよりも、もっと激しい口付けに、クロエは翻弄されてしまう。

「ん、はぁ……っ、ヴァ、ヴァル……っ」

粗末なベッドに倒れ込むと、ギシリと背中で悲鳴が聞こえる。

しかし止めることができない。

もっとヴァルフレートに触れたい、触れられたいという欲求がどんどん膨らんで、恐ろしいほどだ。

「クロエ……」

ヴァルフレートの声は低く、どこか切なさを含んでクロエに沁《し》み込む。

(どうしたの？　なにを憂いているの……？)

しかし同時に炎のような情熱も感じる。

少し乱れた息遣いからは激しく自分を求めてくれていることがわかり、クロエは翻弄された。

地味なトゥニカを脱ぎ、粗末な下着姿になると羞恥が襲ってくる。

「あ、あまり……見ないで」

顔を背けるが、すぐに顎を取られ口付けられてしまう。

「見ないなんて無理だ。もっとよく見せてくれ」

ヴァルフレートは余すところなく、クロエの身体にキスを落とした。

気がつくとクロエは生まれたままの姿になっており、全身がしっとりと汗ばんでいる。

外は肌寒いはずなのに、真夏のように身体が火照っているクロエは大きく身動《みじろ》ぎした。

「う、あぁ……っ」

「クロエ……」

ヴァルフレートの声は低く、クロエの骨にまで沁みるようだった。

まるで夢の中のように身体は緩慢なのに、受け取る快楽だけが針のように鋭くクロエの神経を刺激する。

「はぁう……、わたし、こんな……おかしくなりそう……っ」

自分の胸がこんなにも柔らかく形を変えるなんて、想像もしなかったクロエは小さく喘ぎ、ヴァルフレートの手のひらがツンと立った乳嘴《にゅうし》を掠《かす》めるたびに身体を跳ねさせた。

「おかしくない。クロエはどこもかしこも綺麗で、美味《おい》しそうだ」

ヴァルフレートは乳房に触れていた手で乳嘴を摘まむと捻るようにして摺《す》り上げる。

「ひぁあ……っ、や、それ……っ」

感じたことのないビリビリとした感覚がクロエの背筋を駆けあがり、脳天から抜けていく。

「いやか？」

「わからないわ、初めてだもの。こんなことされるの」

しかし嫌な感じはしない。身体が言うことを聞かなくなりそうで少し恐ろしいだけだ。

そう告げると、ヴァルフレートは奇妙に口角を上げる。

「ふうん……そうか」

気のないような口振りだったが、熱心に乳嘴を捏《こ》ね時に口に含んで愛撫するところをみると、どうやら喜んでいるらしかった。

（ヴァルが嬉《うれ》しいなら、わたしも嬉しいけれど……あまり執拗《しつよう》なのはちょっと）

乳房や乳嘴の気持ち良さが腰や下腹部に溜《た》まり、むず痒《がゆ》いような感覚が止まらない。

おまけに先ほどからあわいがしっとりとよくわからない体液で濡れている。

(ここでヴァルと交わるはずなのに……)

嫌がられたりはしないかとそわそわしながら愛撫を受ける。

ヴァルフレートはクロエの身体のどこに触れたら気持ちいいのかを探りながら、快感の扉を開いていった。

胸や耳、首筋や脇腹など、あらゆるところに触れて口付けした。

その度に声を上げ身体をくねらせるクロエは息も絶え絶えで、すっかり疲れてしまう。

「あ、あぁ……ヴァル……っ、わたしもう……」

力が入らず、ぐったりとシーツに沈んだクロエが声を掛けると、ヴァルフレートは愛撫の手を止めた。

「身体が俺の手に慣れてきたか?」

そう言うとおもむろにクロエの下腹から手を滑らせ、淡い和毛《にこげ》の奥の秘裂に指を這わせた。

「ひゃあ……っ」

ぬち、と湿った音がして、クロエは顔が一気に赤くなる。

「あ、待って、ヴァル……っ、あの、そうじゃないの……違うの……っ」

疲れたから交わりはまた今度に、おまたも濡れているしというつもりだったのに、ヴァルフレートには全く意図が通じていなかったことに焦りを隠せない。

「ん？　違うのか？　それにしては随分と濡れているが……」

「ひいいいいん！」

クロエは恥を忍んで説明した。

せっかくのヴァルフレートとの一夜なのに、こんなにおまたが濡れた状態では申し訳ない、と。

「……」

半泣きのクロエに対しヴァルフレートは少しの間沈黙し、そしてため息をつく。

「クロエ、大丈夫だ。これは自然の摂理というやつだ」

「……え？」

驚いて見開いたクロエのペールグリーンの瞳から一粒涙が零《こぼ》れ落《お》ちた。

それを指で掬《すく》い取ったヴァルフレートはそれを舐《な》めとり「しょっぱいな」と顔を顰める。

「十歳で修道院に入ったのなら、具体的な閨《ねや》教育などは受けていないのではないか？」

「う……、その通りよ」

淑女に必要な知識が不足していると言われた気がして、クロエは身体を縮めた。

しかし動物のまぐわいなどはよく森の中でも目にしたし、初潮を迎えたのも修道院だったため修道女たちが親身になっていろいろ教えてくれたため、問題ないと思っていたのだ。

「俺もそう詳しいわけではないが、女性はまぐわいのときに痛くないようにこうして蜜が滴る」

ヴァルフレートはクロエの膝を割り、あわいの前に陣取ると秘裂に指を這わせた。

「ひうっ！」

誰にも見せたことがないどころか、自分さえよく見たことがないところを見られ、そして触れられているのがひどく背徳的なことをしているような気がして動悸《どうき》が激しくなる。

心臓が口からまろび出てしまいそうだ。

「身体に触れて口付けをして……心が解《ほぐ》れてくると、それに合わせて身体も解れて男を受け入れやすくなる」

指の腹で優しく秘裂を撫でていたヴァルフレートの指先がつぷりと秘唇を割って侵入する。

「は、あぁ……っ」

違和感と同時にぞわぞわとした未知の感覚がクロエを襲う。

しかしそれが嫌ではなく、クロエは自分がどうしてしまったのかと混乱する。

「あぁ、締め付けが強いが柔らかくて熱くて……痛いか？」

一瞬ヴァルフレートが陶然とした表情をしたが、すぐに上目遣いになってクロエの心配をする。

「あ、うん……痛くは……ないよ」

だがここを解すのだと言われ、あらぬところを指で擽《くすぐ》られると妙な気分になってくるのが止められない。

（なんなの……もっとして欲しいような……もどかしいような……）

くちゅくちゅと蜜がかき混ぜられると腰が勝手に浮いてしまう。

顕著な反応を返した部分を何度も指の腹で刺激され、クロエは唇を噛む。

（どうしよう……そこばっかり押されると……変な感じ）

そしてヴァルフレートの指先がある一点を掠めたとき、クロエの口からは明らかな嬌声《きょうせい》が漏れた。

「あぁんっ」

「……！」

はしたない声が出てしまったことを恥じて、クロエは両手で口を塞ぎ硬直するが、なかったことにはならない。

みるみる顔が紅潮しプルプルと震えながら今にも泣きだしそうな顔をするクロエに、ヴァルフレートが落ち着くようにと声を掛ける。

「大丈夫、恥ずかしいことなんてない。逆に俺は嬉しかった」

「……うそ……っ、あんな声を上げてしまって……恥ずかしい……っ」

声がみるみる悲しみに染まっていく。

「嘘《うそ》じゃない。それに俺だって慣れているわけではないから、クロエが反応してくれないとうまくできない」

だからどんどん声を上げてくれというヴァルフレートの声から真実を感じ取ったクロエは、目の縁を赤らめながら力なく頷く。

「……笑わないでね」

「そんな余裕はない。もうクロエのことしか考えられない」

そう言って軽く口付けをしたヴァルフレートは、再びクロエの隘路《あいろ》に指を這わせる。

ヴァルフレートを信頼しきっているためか、中はもうすっかりと蕩《とろ》けていた。

時折いいところを掠めると、子猫のようなあえかな声と共に中を掻《か》き回《まわ》す指をきゅむ、と締め付けるのが堪《たま》らなく恥ずかしい。

だが見上げると決まってヴァルフレートのグレーの瞳が熱い視線を注いでいるのが、クロエには嬉しいと感じられた。

何度か絶頂に押し上げられ肩で息をするクロエの膝を、ヴァルフレートが大きく開いた。

「ぁ……」

いつの間に脱いだのか、ヴァルフレートもすっかり裸だった。

看病のときに背中は見ていたが、前からまじまじと見るのは初めてである。

均整の取れた身体は無駄を削ぎ落したように引き締まっており、鍛えているのだろう、筋肉のすじがくっきりと浮かんでいた。

割れた腹筋とその下の臍《へそ》、そして……下腹部に視線を下ろしたクロエはぎょっとして息を呑んだ。

ヴァルフレートの性器が雄々しく反り立っている。

しかも先端からはクロエのあわいから滴る蜜に似たものが垂れていた。

動物のそれを目にしたことがあるクロエだったが、ここまで間近にしたのは初めてだった。

自分にはない器官で見慣れぬものの、それがヴァルフレートのものだと思うと恐れや照れよりも愛《いと》おしさが先に立つ。

（ああ、もしかしてヴァルも私と同じように、お腹の奥が疼くような気持ちになっていた……？）

悦《よろこ》びに身体を震わせていると、ヴァルフレートが視線を逸《そ》らした。

「ヴァル？」

「男の物はグロテスクだろう……怖いか」

尋ねるヴァルフレートのほうが怯《おび》えているような気がして、クロエは努めて明るい声で答える。

「そんなことないわ！　ヴァルの一部だもの、グロテスクなんて思わない。許されるならキスしてあげたいくらいだわ」

「……それはまた今度頼む」

クロエの言葉に意表を突かれたようだったヴァルフレートだったが、口角を上げ竿を数度扱《しご》く。

裏筋をクロエの秘裂に当て、ゆっくりと動かすと喉仏が大きく上下したのが見えた。

熱く固いものがクロエの蜜を纏《まと》ってズリズリと柔襞を刺激していく。

「あ、ああ……っ、こんな……っ」

敏感なクロエの襞はヴァルフレートのつるりとした先端からの段差や斜めに走る血管の怒張までをも感じ取り腰を戦慄《わなな》かせる。

漏れる声音に嫌悪が混じらないことに安堵したのか、ヴァルフレートは肩を下げて小さく息を吐いた。

「クロエの中に入りたい……俺を受け入れてくれるか？」

低く掠れた声は確かな熱情でクロエの鼓膜を震わせる。

「うん……、来て、ヴァル……っ」

相手がヴァルフレートでも、初めての行為で身体が強張るのは仕方がない。

痛みに耐えるように硬く瞼を閉じていると、額に柔らかな感触が降ってきた。

「見えないと怖くないか？」

「は、あう……っ、こわい……かも」

クロエは涙目で言う。

あわいには熱く脈動する陽根が宛《あて》がわれている。

淫らな蜜にまみれてぬらぬらと光るそれを体内に収めるとは、俄《にわ》かには信じ難《がた》い。

「俺はクロエが嫌がることや、痛がることはしないと誓う。気持ちよくしてやりたい」

ピクピクとヴァルフレートの下腹部が引き攣った。

「……うん、わたしもヴァルに気持ち良くなってほしい……っ」

クロエは手を伸ばしてヴァルフレートの首に腕を絡ませると強く引き寄せた。

固い胸板で胸の先が擦れてビリリと刺激を伝えてきて、クロエはそれを吐息で逃がす。

「あ、あぁ……っ、ヴァルっ」

耳の側でヴァルフレートが息を呑む気配がして、秘裂を割って雄芯が侵入してきた。

ゆっくりと、だが確実にクロエの未開の地を蹂躙《じゅうりん》する熱い質量に、呼吸が止まりそうになる。

（さ、裂けちゃう……っ）

このままでは大変なことになるのではないかと血の気が引いたクロエだったが、ヴァルフレートは無理に腰を進めては来なかった。

馴染ませるように浅いところを何度も擂り上げ、クロエに口付ける。

徐々に恐怖心が薄れていき、大きな違和感はあるもののクロエが泣き叫ぶようなことにはならなかった。

ニチニチと淫らな水音にも慣れてきたころ、ヴァルフレートの指が秘裂の先にある突起に触れた。

途端にビリリと雷が落ちたような衝撃を感じ、クロエは身体を大きく反らせた。

「ひゃあ！」

感じたことのない未知の感覚はクロエを混乱させる。

（なに？　なにが起こったの？）

訳がわからずにいると、またヴァルフレートがそこに触れた。

「ひあッ！　ねえ、そこ……っ、なに？」

自分の身体にそんなに激しく感じるところがあるなんて知らなかったクロエは慌てる。

「ここ、いやか？　女性はここがいいと聞いたんだが……」

そっと触れるか触れないかの距離感で触れられても驚くほどに身体が反応する。

(これって……もしかして……気持ちいい……?)

触れられるたびに腰が砕けそうになるし、なによりヴァルフレートを咥《くわ》えこんでいるあわいがキュウキュウと悦んでいる。

「あ、はぁう……っ」

初めてする行為でこんなに乱れてしまって大丈夫なのかと思わなくもないが、しかし気持ちいいものはいかんともしがたい。

抗《あらが》えぬ悦楽にクロエは身悶《みもだ》える。

その内に蜜洞に痺《しび》れが溜まり、浅いところだけでは物足りなくなってきた。

もっと奥まで来てほしいという気持ちが膨れ上がるが、クロエは迷っている。

(あぁ、でも……、はしたなくはないかしら……っ)

ビクビクと戦慄く腰を押さえることもできず、クロエは涙目でヴァルフレートを見上げた。

ヴァルフレートは彼女の変化にすぐに気付き、口付けて「どうした」と尋ねる。

その声音が低く優しくクロエに染み渡るようでつい涙腺が緩む。

「ヴァル……っ、わたしおかしいの……こんな、あっ、大事にしてもらっているのに……奥までほしいって思ってしまって……!」

「……っ、クロエ、それは……」

小刻みに腰を動かしていたヴァルフレートが動きを止めた。

それが彼の機嫌を損ねてしまったのだと思ったクロエの瞳から、涙が零れる。

「ごめんね、ヴァルが一所懸命してくれているのに……わたし、奥が切なくて……っむぐ！」

言い終わる前にクロエの唇が荒々しく塞がれた。

これまでとは違って、貪るような口付けだ。

息が苦しくなって顔を背けると耳殻を甘く食《は》まれる。

「あっ、ヴァル……っ」

「……最初から奥まで貫くのは可哀想だと思って、俺は死ぬ気で我慢をしていた」

元々声が低いヴァルフレートだが、これまで聞いたことがないようなさらに低い声が耳元で囁かれ
クロエは身体を強張らせる。

「あ、あの……？」

「だがいいよ、クロエ。お前の望む通りに奥まであげよう」

腰を掴む手の力が強くなり、あ、と思ったときにはヴァルフレートの怒張はずぶずぶとクロエの隘路をいっぱいに満たしていた。

「あ、ひぁ……っ！」

浅いところを丹念に抽送したおかげか、痛みはそう酷《ひど》くない。

ただ、押し広げられる違和感は無視できないほどに大きく、そして感じたことのない快楽が一斉に

襲ってきて、クロエは息を呑む。

「クロエ、大丈夫か？　これが奥だ」

ヴァルフレートの先端が、突き当りをノックした。

「あ、はぁう……、ヴァ、ヴァル……っ、好き……」

潤沢な蜜のお陰で引き攣《つ》れるような痛みはないが、隙間なく収まったヴァルフレートの太い血管の形までも手に取るようにわかってしまう。

「クロエ……っ、俺も好きだ、離したくない……っ」

何度も奥を穿《うが》つヴァルフレートの声に、クロエは夢心地になる。

（ああ、誰かがわたしの名を呼んでくれて、想ってくれて、そしてひとつになるのって……こんなに幸せなことなのね……）

ヴァルとふたりなら、きっとどんなことがあっても大丈夫だ。

ひっきりなしに嬌声がまろび出てしまうが、心の中ではそんな殊勝なことを考えていたクロエは、ひときわ奥を抉られ蜜洞を痙攣《けいれん》させた。

「あ、ああ……っ、ふあ……っ！」

意思とは関係なくヴァルフレートを締め付けると、顎を反らして達する。

内腿《うちもも》がプルプルと震えると、中を穿っていたヴァルフレートの雄芯が大きく脈動し、熱い迸《ほとばし》りを放った。

「う、ぁ……っ」

小さく呻《うめ》いたヴァルフレートに僅かに戸惑いを感じ取ったクロエだったが、大きな達成感のようなものに包まれ、意識が白んでいった。

＊　＊　＊

「クロエ？」

ヴァルフレートが掠れた声で呼ぶが、クロエは返事をしない。

顔を上げて口許《くちもと》に指を当て呼吸を確認すると、安堵の息をつく。

「気を失っただけか……」

肩の力を抜いてから、ヴァルフレートはクロエの薄い下腹を撫でた。

なだらかでほどよい張りが指を押し戻してくる。

「……まさか、本当に……？」

ヴァルフレートは真剣な瞳でクロエを見つめる。

クロエの中に精を放ったとき、言葉で表せない感情が溢れた。

多幸感と安堵感《あんどかん》、そして大きなものに包まれ赦《ゆる》されたような、不思議な感覚。

（女性と性交すると、みなこのような感覚がするのか……？）

比較対象がないのでヴァルフレートにはわからない。

しかし、吐精の際の解放感や快楽はあれど、それだけでは説明がつかない『なにか』があったように思う。

ヴァルフレートの脳裏にクロエの言葉が甦《よみがえ》る。

『わたし、王胎なの』……多少アルコールが入って覚束《おぼつか》ない部分はあったが、もうその存在を知らない国民も大勢いるほどの神話の中の出来事を、クロエが冗談で口にしたとは思えなかった。

王胎の存在は王族の間でも言い伝えのような不確かな存在だ。

僅かに古い書物にその存在が確認できる程度のもので、誰も本気で実在を信じているわけではない。

(クロエが幼い頃から修道院にいる理由がそれだとすると……)

顎に手を当てて思考に耽《ふけ》るヴァルフレートの膝に、クロエの脚が触れた。

寝返りを打ち、むにゃむにゃと幸せそうに口許を綻ばせているのを見ると、ヴァルフレートまで頬が緩む。

「どちらにせよ、もう手放すことなどできないからな、クロエ」

暗い部屋の中でグレーの瞳がギラリと光った。

第三章　試練

なにかがいつもと違うような気がして、クロエは眠りの海の中で微睡《まどろ》みながらあたりを窺う。

腹部に感じるこの重さは、髪を揺らすこの風はなんなのだ？

寝起きで回らない頭をなんとか回転させ、ハッと回答に行き着いたクロエはバチリと音がするほどに目を見開いた。

「ヴァル！」

「……なんだ……？」

背後から眠たげな声がして、枕がもぞもぞと動いた。

「ひ！　う、腕枕ァ……！」

飛び起きたクロエは今の今までヴァルフレートの腕枕で眠っていたことを知り、赤面する。

父親と弟以外の男性とこんなに近距離で接したことがないクロエは、思わず慎みを忘れて口をあんぐりと開ける。

（憧れの……憧れの腕枕を体験してしまったわ！　まったく覚えていないけれど！）

勿体《もったい》ないことをしたと悔しがるクロエとは対照的に、ヴァルフレートのほうは落ち着いたものだ。

ふわあ、と優雅に欠伸《あくび》をすると顔に掛かった髪を掻《か》き上《あ》げる。

はらりと落ちる前髪が、窓から入ってくる生まれたばかりの朝日にきらきらと輝くのが美しい。

「よく眠れたか？　身体に不調は？」

ヴァルフレートに見惚れていたクロエがハッと我に返り身体を確認すると、一糸纏わぬ姿だったことに気付き、小さな悲鳴と共に毛布を引き身体を隠す。

しかしそうすることでヴァルフレートの身体を覆っていた毛布をも横取りする形になってしまい、昨夜見た美しい裸体が目の前に晒《さら》された。

「きゃ、あああ！　ごめんなさい！」

謝りつつ、クロエの視線はヴァルフレートの下腹部に縫い留められている。

なぜか朝から元気に上向いているのだ。

(ど、どういうこと？　朝からその気だということなの……っ、こ、困るわ……っ)

ゴクリと喉を鳴らしたクロエに、ヴァルフレートは苦笑いで応じる。

「朝から盛るようなことはしない。それにもうそろそろクロエは起きなければいけない時間だろう？」

ヴァルフレートはベッドから降りるとズボンを身に着け、クロエの服を拾ってくれた。

「あ、うん……」

「水を汲んでくるから、それで身体を清めてから行くといい」

ヴァルフレートは待っていろと言い置いて部屋を出ていった。

一人残されたクロエはヴァルフレートの手際の良さと気遣いに胸をときめかせる。

（昨日は……ほろ酔いで大胆なことをしてしまったけれど……後悔はしてないわ）

気が大きくなったのは確かだが、語ったことはすべて本音だった。

彼が同じ気持ちでいてくれたことが身震いするほどに嬉しい。

「ヴァル、王族だったらなんて言っていたけれど……本当の王子様みたいに素敵だったわ……」

先ほど見た肉体美と、昨夜の薄闇でのヴァルフレートの色気を思い出し、クロエは顔が熱いほど火照る。

身分などは関係ない。王族でなくても、ヴァルフレートがヴァルフレートであるだけで愛しい。

早く両親に想う人ができたことを知らせねば。

クロエの胸は歓《よろこ》びに溢れていた。


井戸で水を汲むヴァルフレートに、背後から近づく人影があった。

「昨夜は節度あるお楽しみでしたか？」

ニヤニヤと揶揄うように片眉を上げたユルゲンに、ヴァルフレートは冷たい視線を送った。

事情を察して場を離れてくれたのはありがたいが、翌日のこのしたり顔は不愉快の一言に尽きる。

ユルゲンは幼い頃からヴァルフレートの身辺警護をしてくれて、件《くだん》の凶事の際に脱出を助け、そのまま付き従ってくれている。

ありがたくはあるが、近しい存在のため、やりにくいこともしばしばある。

「……クロエのことを調べてくれ」

「なにか、裏が？」

にやけ顔がスッと消え、油断のない表情になったユルゲンに、首を振って否定する。

「違う。クロエは自分の事を『王胎』だと言っている」

「おうたい……って、まさか、あの『王胎』ですか？」

顔色を変えたユルゲンに「声が大きい」と注意すると、ヴァルフレートは声を潜める。

「与太《よた》話かと思っていたが、そう切り捨てるにはあまりに不可解なことがあった」

二人の秘め事は、たとえユルゲンにでも言いたくはなかったヴァルフレートは言葉を濁す。

クロエはもしかしたら本当に王を孕《はら》むのかもしれない。

「……このタイミングでお二人が出会ったのは、神がヴァルフレート様にこの国を導けとおっしゃっているのかもしれませんね」

「……戯言《たわごと》を。しかしクロエのことはこのままにはできん。本当に俺の子を孕んだかもしれないからな」

ヴァルフレートの言葉に目を剥《む》いたユルゲンは、口をパクパクさせたが、結局言葉をまるのまま呑み込み頭を下げてきびすを返した。

「不確かなことに縋《すが》るほど弱くはない……だが」

水で満たした盥《たらい》に映る自分を見たヴァルフレートは、かぶりを振って余計な考えを追い出し、部屋で待っているであろうクロエに想いを馳《は》せた。

ここを去ろうと思うとヴァルフレートが口にしたのは、ヴァルフレートとクロエが身体を重ねた翌々日のことだった。

周囲には他の修道女もおり、彼女らは「そうですか、いろいろと直していただいてありがとうございました。おかげで助かりました」と言って頭を下げたが、クロエはすぐに反応することができなかった。

いや、世話になったのはこちらのほうだとヴァルフレートとユルゲンが和やかに応じているのをどこか遠くのことのように聞いていた。

「クロエ？」

少し離れた場所で立《た》ち竦《すく》むクロエを心配してヴァルフレートが近付く。

顔を上げないクロエの顎を取って無理矢理上向かせると、頬が濆れて愉快な顔になった。

「……わたしのこと好きだって言ったのに……っ」

泣き言をいうと本当に泣きそうになってしまう。

クロエは必死に涙を堪えて厳《いか》めしい顔を作るが、ヴァルフレートはそれを見て逆に顔を綻ばせた。

「好きだ。俺はクロエと結婚しようと思っているんだが、クロエはそうじゃないのか？」

「えっ」

頬をムニッとされたまま驚きの声を上げると、ヴァルフレートが破顔した。

「もしかしてクロエは結婚する気もないのに俺とあんなことをしたのか？」

先日の夜のことを言われたのだとわかり、クロエは顔を紅潮させる。

「ちょ、そういう話は……っ」

さすがに貞淑な修道女たちの前で堂々と言えることではないため、クロエは慌ててヴァルフレートの口を塞ぐ。日頃から仲良くしているので、もしかしたら気付いている人もいるかもしれないが、具体的にどんな仲なのかまで、詳細を開示する気はない。

（だって、それは……ヴァルとわたしだけの秘密なんだもん）

できるならばヴァルフレートの存在ごと独り占めしたいと思っていることに気付いたクロエは、自分の中にそんな激しい独占欲があるとは知らなかった。

「ふふ……、クロエの気持ちはちゃんとわかっているつもりだ。修道院を出たら結婚しよう」

ヴァルフレートはクロエにだけ聞こえるように低く囁くと、また後でと言って離れていった。

その背中を見送りながら、クロエは更に顔を赤くするのだった。


その後、きちんと二人で語らう時間を設け、互いの気持ちを確認し合うことができた。

「わたしはクロエ・ベネヴィート。父は伯爵なの」

「ああ、ヨーセフ卿《きょう》か」

さらりとなんでもないことのように父の名を口にしたヴァルフレートに、クロエは驚いて目を丸くする。

「まあ、お父様って他国にまで名が知れ渡っているのかしら？」

「ごほ……、いや、誠実な人柄だと……有名な御人《おひと》だ」

ゴホゴホと咳払《せきばら》いをしたヴァルフレートは懐《ふところ》からなにやら取り出すとクロエに手渡した。

いくつかの宝石が付いたネックレスのようだ。

「ヴァル、これは？」

「お守りとして持っていてくれ。父が母に贈ったものだ」

なんでもないことのように言うが、クロエは驚きの声を上げる。

「そんな、ご両親の形見じゃない！　そんな大事な物……」

自分が持っているわけにはいかないと返そうとしたクロエの手を、ヴァルフレートが覆うようにそっと握った。

「クロエに持っていてほしい。なにがあっても父と母がクロエを守ってくれると思うから、側を離れることができる」

心配なんだと憂いを帯びたグレーの瞳で見つめられると、クロエはそれ以上いうことができなくなってしまう。

「……わかった。次に逢《あ》う時まで、預かっておくね」

門まで見送りに来たクロエは、やはりどこか寂しそうに眉を下げている。

話し合いの結果、クロエは両親に結婚する旨を伝え、正規の手順を踏んで修道院を去ることに決めた。

「必ず迎えに行くから、屋敷でいい子で待っていてくれ」

子供にするように額に口付けられたクロエは不満を示す。

「子ども扱いしないで！」

そう言いつつ、本当に機嫌を損ねたわけではないのは顔を見ればわかる。クロエは額ではなく別のところに口付けが欲しかったのだ。

それはしっかりとヴァルフレートに通じたらしい。

彼は目を細めて口角を上げると、クロエの唇の端に口付けた。

「ひゃ！」

「続きは今度な。じゃあ、元気で」

ヴァルフレートは片手を上げると踵《きびす》を返す。

数歩遅れてユルゲンが「またね、クロエちゃん」とウィンクをしたのに笑顔を返したクロエは、またすぐに逢えると知っているのに、なぜか胸騒ぎがした。

（なにもないといいけれど……）

クロエは首から提げたお守りを服の上から握った。

「私はすっかり当初の目的をお忘れになったものかと」

「馬鹿を言うな」

笑いもせず吐き捨てるようなヴァルフレートに、ユルゲンは真面目な顔を崩さない。

「馬鹿ではございません。あのままクロエ嬢と一緒になって平凡な家庭を築くという未来だって、ヴァルフレート様にはあるのです」

ユルゲンは目を逸らさずに力を込めて言う。

ずっとヴァルフレートを側で見てきたユルゲンの言葉は重い。

しかしヴァルフレートは当然のことのように「クロエを手放したりしない」と声にした。

「王胎かもしれないとか、俺の身分がどうなるかとか、そんなことよりもクロエのほうが大事だ。このことはもう議論しない」

だが、とヴァルフレートはそこで言葉を途切れさせる。

ユルゲンが調べたところによると、クロエが十歳のとき屋敷に占い師を名乗る老爺が現れた直後修道院に入ったという。

状況から見て、恐らくその占い師がクロエのことを王胎だと言ったに違いない。

王胎だと周囲に知れれば、命も身体も危険に晒されるのは目に見えている。

王族はクロエや親の意志に関係なく強引に婚姻を結ぼうとするだろうし、野心のある者は誘拐してでもクロエを孕ませようとするだろう。

まだ幼い我が子を守るためには、誰にも知られぬようひっそりと修道院で暮らすのが最適ではないかと思えた。

「俺は前王太子の子だと名乗り出る。クロエを守るためには何者にも侵されない権力を持つ必要がある」

「はっ」

そこまで意志が固いのかと思い知ったユルゲンは唇を強く引き結ぶ。

ヴァルフレートがそう決めたのなら、自分はそれに従うまで。

亡くなった前王太子や王太子妃のためにも。

ユルゲンはそっと胸に手を当てた。


ヴァルフレートとユルゲンが旅立ってからすぐに、クロエは両親に宛てて手紙を書いた。

将来をともに歩みたいと思える相手が見つかったこと、修道院を出て結婚するつもりだということを包み隠さずしたためた。

相手であるヴァルフレートのことを書こうとして、クロエはペンを止める。

窓から外を見て、無意識にため息が出た。

(いやだ、もうヴァルが恋しいなんて……)

クロエはペンを置くと両手を胸の前で組み、頭を垂れる。

（ヴァルが道中安全でありますようにお守りくださぃ……あと、ユルゲンさんも）

指が白くなるほど強く力を込めて祈った。


通常、修道院から出した手紙は隊商によって運ばれるため、二週間程度で到着する。

あまり頻繁にやりとりをすることも憚《はばか》られるので、すぐに返事が来るなどと思っていたわけではないが、クロエはあまりの迅速さに驚きを隠せない。

手紙の返事ではなく、直接父と弟が修道院にやってきたのだ。

「お父様、それと……あなたもしかしてエミーなの？」

クロエの記憶よりも年を取った父と、五歳の頃に別れたきりの弟の面影を残す青年をぽかんと口を開けて見つめていると、青年がくすぐったそうに笑った。

「そうです、あなたの小さな弟エミーディオですよ、姉上」

家族三人で久々の再会を喜んでいると、父親のヨーセフがキリリと顔を引き締める。

「それはそうと、手紙に書いてあったことは本当なのかい？」

ヨーセフは結婚してもいいと思う相手というのが気になっているようだ。

直接乗り込んでくるのはそういう事だろう。

「ええ、本当よお父様。わたし、恋をしたの！」

「……！」

クロエの幸せいっぱいの笑顔になにも言えなくなったヨーセフだったが、気を取り直して修道院長に挨拶をし、これまで世話になった礼として多額の寄付をした。

そしてその日のうちにクロエが使っていた部屋を引き払った。

移動の馬車の中で相手のことを根掘り葉掘り聞かれたクロエは、照れながらもヴァルフレートのことを嬉々《きき》として説明するのだが、ヨーセフもエミーディオも徐々に顔を曇らせていく。

「それでね、ヴァルは……」

初めて大っぴらに恋人を語ることができて、クロエは有頂天だった。

家族の顔が徐々に曇っていくことにも気付かない様子で夢中で話す。

途中宿に泊まり、部屋に落ち着いたときヨーセフは重いため息をついた。

「……それでクロエ、彼の実家は」

「それがうっかりと聞くのを忘れてしまったの。でも、用事を片付けたらうちに来てくれるって言っていたから大丈夫よ！」

横からエミーディオが恐る恐る声を掛ける。

「姉上、もしかしたらうちが伯爵家であることをその男に言いましたか？」

クロエはきょとんとしてペールグリーンの瞳を瞬かせた。

「当然じゃない！　ヴァルは外国にいて国内に詳しくないはずなのにお父様の名を知っていたわ！　お父様ったら意外に有名なのね！　わたし、誇らしかったわ！」

クロエの様子を見て、ヨーセフとエミーディオは顔を見合わせる。

いかにも本名ではないと思われる名前、生まれを明かさない用心深さ、そしてクロエが貴族令嬢だと知って家の情報を聞き出し、『用事があるから』と姿を消す手口。

それらが導き出す答えを、父子は厳しい顔で想像する。

「もしやその男、盗賊の類なのでは」

「いやだわ、エミーったら！　ヴァルが盗賊なわけないじゃない！」

盲信的に恋人を信じるクロエに、ヨーセフは頭痛がするのか眉間にしわを寄せて額に手を当てる。

「……とりあえず、早く帰ろう……家が心配だ」

本当はゆっくりと観光をしながら帰れると思っていたクロエは期待外れでがっかりしたが、早く母に会いたいという気持ちがあったため、ヨーセフの提案に同意した。

最速で屋敷に帰ったが、盗賊に入られてはおらず、クロエは母と涙を流して抱き合い再会を喜んだ。

だが晩餐の後、真顔でヨーセフが言った言葉に、クロエの頭は真っ白になる。

「え、だってそんな……ヴァルはわたしを騙《だま》したりしないわ……！」

「冷静に考えるんだ、クロエ。本当に誠実に結婚をするつもりなら、実家のことを話すはずだ。お前のように」

ヨーセフは言葉を選んで理解を求めるが、クロエは顔を青褪《あおざ》めさせて首を横に振る。

「だって、ヴァルのご両親は亡くなってしまっていて……多分おうちも……」

そう、だからクロエは無理にヴァルフレートの素性を聞かなかった。

家族を失った傷を抉ることになってしまうことを危惧したのだ。本当に両親が亡くなったかもわからないではないか。

「悪《あ》しきことを企《たくら》む者はそうやって人の心につけ込むのだ。後ろ暗い者の常套手段《じょうとうしゅだん》です」

「そうですよ姉上。それに所在を転々とするなんて、後ろ暗い者の常套手段です」

二人から畳みかけるように言われたクロエは唇をきつく引き結び俯く。

喉奥が引き攣れて、少しでも口を開いたら嗚咽《おえつ》が漏れてしまいそうだった。

「……帰ってきたばかりで疲れているでしょう。クロエ、今日はもう休んだら？」

母の優しさが涙腺をひどく刺激した。

「そうね……今日はもう寝るわ。おやすみなさい」

胸に下げたヴァルフレートから貰《もら》ったお守りを強く握りしめ、クロエは自室に戻った。

久しぶりの自室は、クロエが修道院に行く前のまま、綺麗に整えられている。

それを見たクロエは、家族がいかに自分を愛し、帰宅を心待ちにしていたかを知った。

クロエもわかっていた。

あんな厳しいことを言うのも、クロエのことが大切だからだ。

決して憎くて言っているわけではない。

（でも、ヴァルを悪い人のように言われるのは嫌……っ）

クロエは心地よく整えられたベッドにうつ伏せになると、枕に顔を埋めて思う存分泣いた。

翌日、クロエはいつもの時間に目が覚めた。

長年の習慣とは恐ろしいもので、いくら疲れていようと目が開いてしまうのだ。

（……さすがに身体が怠《だる》いわ。でも、これは多分いつもよりも身体を動かしていないから……！）

クロエはベッドから身体を起こすと手早く身支度を調《ととの》え、最後にヴァルフレートから預かったお守りを首から提げてキスをした。

「おはよう、ヴァル。今日もどうか無事でありますように」

そう願いを込めてから厨房に向かった。

「おはよう」

「お嬢様、どうされたのですか？」

忙しく立ち働く使用人たちが一斉にクロエを見る。

気遣うような眼差《まなざ》しは、昨夜の家族会議を知っているからだろう。

（二十歳にもなって男に騙されて可哀想と思われたかしら）

クロエはそんな使用人たちに向かってめいっぱい笑ってみせた。

「いつもの癖で目が覚めてしまったの。わたしも手伝っていい？」

「とんでもございません！　お嬢様に手伝わせるなど……」

焦った様子で料理人がやんわりとクロエを厨房から追い出そうとする。

「あら、わたしの焼くパンは美味しいと評判だったのに……みんなにも食べてほしいわ。それに」

クロエは意味深に言葉を切ると、悪戯《いたずら》っぽく片目を閉じた。

「パン作りって、ストレス解消になるじゃない？」

パン生地を捏ねながら、クロエは考えていた。

父や弟の言う通り、確かにヴァルフレートの行動はよくない者がいかにもしそうである。

だが実際にヴァルフレートと話し、心を通わせ合ったクロエは絶対にそんなことはないと言い切れる自信があった。

（あんなにシャイで、情熱的で……熱い瞳をしたヴァルが悪い人だなんて、そんなことない！）

生地を持ち上げ、調理台に叩きつける。

こうして中に溜まったガスを抜くのだが、あまりに真剣な眼差しで何度も執拗に行ったため、使用人たちには遠巻きに見つめられてしまった。

成形までして、焼きの工程はキッチンメイドに任せることにしたクロエは朝の散歩を楽しむために庭へ出た。

この十年の間に少しだけ様変わりした庭は僅かな寂しさをもたらしたが、クロエの探検心も刺激した。

貴族の起床時間にはまだ随分と余裕がある。

パン作りに引き続き、クロエはここでもヴァルフレートのことを考えた。

考えるほど、クロエにはヴァルフレートがなにか深刻な事情を抱えていたように思える。

それは盗賊とかではなく、それこそ口に出すのも憚られるようなものである気がしてならない。

保身ではなく、クロエに負担を掛けないように考えての行動だと信じている。

しかし、心細いのは確かだ。

こんな時ヴァルフレートに側にいてもらえたら、どんなにか心強いだろうと思う気持ちを止めることができない。

ため息をつくと、背後から葉擦れの音がした。

身を捩《よじ》って振り向くと、そこには弟のエミーディオがいた。

「エミー、おはよう。随分早いのね」

笑顔で語り掛けると、エミーディオは頬を赤らめて頭を掻く。

「おはようございます……姉上でしたか」

「？」

おかしなことを言う子だと首を傾げたクロエは、弟の手に弓矢が握られていることに気付く。

「もしかして、わたしを不審者だと思って……？」

「違います！　弓の朝稽古に向かおうとしたら人影が見えたので！」

この世の終わりのような顔で、エミーディオが否定する。

そういう事かと笑みを浮かべたクロエに、エミーディオは話しかける。

「あの、側に行っても？」

「もちろんよ」

どうしてそんなことを聞くのだろうと首を傾げたが、エミーディオからどこか遠慮した空気を感じたクロエは「ああ……」と納得する。

クロエが修道院に入ったのは十歳の時。エミーディオはまだ五歳だった。

ぼんやりとした思い出の中の姉が急に成長して現れたら、それは戸惑うだろう。

現にクロエだって可愛《かわい》い可愛い弟が立派な青年姿になって現れて、ひどく驚いた。

記憶の中の人物は成長しないのだ。

「姉上は朝が早いのですね」

控えめに口にしたエミーディオは、まだ会話を探しているように感じられる。

以前のように忌憚《きたん》なく話せるようになるにはまだ少し時間が必要だろう。

「ええ、修道院にいる時はいつもこの時間に起きてお勤めをしていたから」

興味津々のエミーディオに修道院でのタイムスケジュールを教えると、彼も自分のこなしているスケジュールを教えてくれた。

エミーディオは父の後を継ぐべく勉強をしているのだが、有事の際には戦えるよう、弓術を習得しているという。

「剣術はセンスがなくて……」

恥ずかしそうに項垂れる弟の手を取ったクロエは、やや声を荒らげる。

「素晴らしいわ！　剣術が向いていないからと言ってそこで諦めるのではなくて、自分に合った技を見つけ、極めるというのは本当に大変なことよね！　我が弟ながら尊敬するわ！」

握った手のひらは修練の賜物《たまもの》か、皮膚が固くなっていた。

クロエが知っているフクフクとした柔らかい手のひらが、ここまでになるにはそうとう頑張ったのであろうということが窺《うかが》い知《し》れてクロエの涙腺は崩壊しそうになる。

「ありがとうございます……姉上にそう言ってもらえると、頑張った甲斐がありました」

照れくさそうに微笑むエミーディオの顔には、さきほどまでの恥じるような気配はなく、晴れ晴れとしていた。

そうしていろんなことを話しているうちに二人の間で微妙な遠慮が取り払われ、昔のような家族の距離で話せるようになったことは、クロエには喜ばしいことだ。

「お嬢様、エミーディオ様、お食事の支度が調いました」

メイドが声を掛けてくれるまで、弓の稽古も悩みも忘れて語り続けた二人だった。

クロエが焼いたパンは、料理人がコツを聞きに来るほど好評を博した。

自分のしてきたことが周囲に認められたと喜ばしく思ったクロエだったが、食事の後ヴァルフレートとの仲に突っ込んだ質問が為《な》されることになる。

「その、ヴァルとやらとは王胎のことを知っているのか？」

ヨーセフの声にクロエは頷く。

「話したけれど、彼は本気にしていないようだったわ。わたしが王胎でもそうでなくても好きだと言ってくれて……」

どんな状況でその話をしたのかを思い出してしまったクロエは頬を赤らめる。

その艶を含んだ一連の動作に、母へイディがピンときた。

「クロエ、もしかしてそのかたと、既に……？」

語尾を濁したが、そのニュアンスは伝わり、クロエは視線を逸らして頷く。

「……ヴァルは、とても紳士的で優しくしてくださいました……」

クロエはそっと首から提げたお守りに触れた。

「……！」

「……‼」

言葉にならない男性陣がなんとも言えない表情で苦悶《くもん》する横で、へイディはクロエの横に座り直してその手を握る。

「あなたがそのかたを愛しているのはよくわかったわ。もしものことがあるから、しばらくは安静にしていたほうがいいわ」

それはもしかしたら子を宿している可能性があると言う示唆を含むものだったが、本人は僅かに首を傾げる。

「？　いいえ、身体の不調は感じないわ。いつもよりも調子がいいくらいよ！」

腕を曲げて力こぶまで作ってみせたクロエに、家族は揃《そろ》ってため息をつく。

「……修道院に行っている間は、淑女としての勉強があまり進まなかっただろうから、この機会にしてみるのもいいかもしれんな」

ヨーセフの提案はもっともだった。

修道院を出たからには、クロエは貴族令嬢としての振る舞いが求められる。

もともとできていたが、この機会に復習しておいたほうがいいだろう。

なるほどと頷いたクロエは、両親の勧め通り屋敷の中で過ごすことを了承した。

ヨーセフは先のことを考えながら、クロエがことあるごとに触れるネックレスに意味ありげな視線を注いだ。


修道院を後にしたヴァルフレートとユルゲンは一足先に王都へ到着していた。

特に深い感慨が湧いてくることもなく、ヴァルフレートは淡々と通りを歩く。

フードを深く被り、旅人然としている彼の正体に気付く者は誰一人としていない。

それは悲しいことでもあったが、あれから長い年月が経ったことを鑑《かんが》みれば致し方ないと言わざるを得ない。

みな、生きなければならない。

王族が死のうと民は生活の営みを止めることはないのだ。

そう思うと王座を欲しがる者たちのなんと滑稽なことか。

ヴァルフレートはなんとも言えぬ諦観を視線に湛《たた》えて歩く。

行先は貴族院でも強い発言権を持つメリオルト公爵の元だ。

彼は厳格な男で、現王であるアドリアンの即位を良く思っていないようだった。事あるごとにセシリオ前王太子の息子ヴァルフレートがいればと周囲に漏らしているらしい。

（俺には次期王太子の自覚が足りないとネチネチ言っていた癖に、よく言う）

しかし自分の存在を忘れずにいてくれたことは掛け値なしにありがたい。

先行してユルゲンが彼と接触して繋ぎをつけてくれたことから、秘密裏ではあるが、会う機会を設けることができた。

「おお、ヴァルフレート様……みすぼらしい姿がこんなに板について……！」

「……貴殿こそ随分とクソ爺が板についている」

目を眇《すが》めて腰に手を当てると、メリオルト公爵は顎髭《あごひげ》に触れて笑う。

「ははは！　憎まれ口を叩けるなら上等ですな！」

歩み寄り握手を求めてきたメリオルト公爵に応じようとしたヴァルフレートは、急に手を引かれ抱き締められた。

「⁉」

「殿下……よくぞご無事で……！　生きていると……、信じておりましたぞ」

くぐもった声が僅かに湿っているように感じ、ヴァルフレートは眉を下げる。

「年を取ったな、メリオルト」

トントンと背中を叩いてやると、メリオルト公爵は顔を上げた。

そこにはもう湿っぽい表情は残っておらず、厳格な公爵としての顔しかない。

「ご存じかと思いますが、現王アドリアンではこの国を支えることはもうできませぬ。早急に次の手を考えねばなりません」

メリオルト公爵の言う通り、現王の評判は地の底を這っている。

享楽に耽り、民を顧みない王に皆ほとほと愛想が尽きているのだ。

母と父を相次いで病で亡くし、そして王太子である兄と義姉、甥《おい》をも火事で一度に失ったアドリアン王は当初、悲劇の主役であった。

わざとらしいまでの悲しみようで人々から同情を買い、亡き彼らの意志を継いでいくという触れ込みで王に即位した。

彼の他に即位できる王族がいなかったのも原因ではあったが、その後の彼の所業が盲目的に王族を信頼することができぬという不信感を植え付ける前例を作ってしまったのである。

「正直今更前王太子の子息を名乗ったところで、無条件に受け入れられるとは思えません……」

メリオルト公爵の言葉は、ヴァルフレートを試すように響く。

「ああ、そうだろう。必要とされぬ王ほど情けないものはない」

ヴァルフレートは他の貴族ともコンタクトを取り、急務である地盤固めを進めることにした。


クロエが屋敷に戻って三ヶ月が経った。

みなが息を潜めて見守っていた懐妊の兆候が見られないことから、厳戒態勢は解除となった。

その間屋敷の中で大人しく勉強をして過ごしていたクロエは、どこに出しても恥ずかしくない貴族令嬢として磨きをかけられた。

もともと素質も知識もあったのだから、もしも『王胎』などと言う占い結果が出なければクロエは今頃王都で評判の貴族令嬢になっていただろう。

本来ならば早々に社交を行ない、結婚も視野に入れた活動をする年頃なのに、安易にそのようなことができないクロエは若い力を持て余していた。

「床掃除も窓拭きも、畑仕事も食物採集もしてはいけないなんて……世の令嬢はいったいなにをして時間を潰しているのかしら」

口にしてからお茶会や夜会に勤《いそ》しんでいるのだろうと気付いたクロエは、ため息をついて四阿《あずまや》のベンチに腰掛けた。

名のある庭師の手で整えられた美しい庭園を一望できるよう、少し高いところに作られた四阿で過ごすことが最近のクロエの日課になっている。

手には古典の詩集がある。

たくさんの詩の中でも、今のクロエの心を揺さぶるのは恋の詩だ。

なかなか逢えぬ想い人を乞うて読む詩は、今まで以上にクロエの胸に突き刺さる。

「昔も今も、愛する人を想う気持ちは変わらないものなのね……」

三ヶ月経ってもヴァルフレートはベネヴィート伯爵邸に姿を現さなかった。

やることがあると言っていたからそれが長引いているのだろうが、それにしても連絡のひとつもないという事実はクロエを焦れさせた。

エミーディオは『それみたことか』とヴァルフレートは悪人だと言って憚らず、クロエに相応《ふさわ》しくないと断じた。

最初はむきになって言い返していたクロエだったが、こうも長い間連絡がないと『もしかして』と気持ちが揺らいでしまう瞬間がある。

(ああ、どうしてわたしはどのくらいで目途がつくのか尋ねなかったのかしら)

ため息と共に呟くと背後から声がした。

「そんなふうにあなたを悩ませる男がいるとは、羨ましい限りですね」

「⁉」

驚いて振り向くと、そこには身綺麗《みぎれい》な格好をしたヴァルフレートがいた。

貴族子息がお忍びで街歩きをするような格好だが、元々の麗しい容貌と隠し切れない品の良さが相まって近寄りがたい雰囲気すら醸し出している。

「どうしたんだ？　俺のことを忘れてしまったのか？」

片眉を跳ね上げ不敵に微笑むヴァルフレートが憎たらしくて唇を尖らせたクロエだったが、すぐに堪えきれずに駆け寄って抱きついてしまう。

「ヴァル！　もう、来るのが遅いよ！」

「すまない。寂しい思いをさせてしまったな」

クロエを抱き止めたヴァルフレートの腕は軽妙な語り口とは違い、力強く情熱的だった。

ヴァルフレートも自分に逢いたかったのだと感じることができて、クロエの涙腺がジワリと緩む。

「話したいことがたくさんあるの！　わたし……」

ヴァルフレートが悪者扱いされてつらかったことが胸に去来して息が詰まる。

しかしそこに邪魔が入った。

「姉上、伏せて！」

鋭い声がかかり、そちらを向こうとした頭がヴァルフレートによって強引に下げられた。

わけもわからず頭を下げたクロエの頭上を空気が裂ける音が通過して、矢が木の幹に刺さった。

エミーディオがヴァルフレートに向けて矢を放ったのだ。

「いい腕だ」

「エミー、なにをするの？　危ないじゃない！」

憤慨して声を上げるクロエだったが、エミーディオが変わらずに厳しい顔で再び矢をつがえた。

「貴様、何者だ！　姉上を放せ！」

憤怒の表情とはこのことだと思えるほど、エミーディオは激しい感情を露《あら》わにしていた。

そこで初めてクロエはエミーディオが誤解していることに気付いた。

「違うのエミーディオ、落ち着いてちょうだい！　この人はヴァルよ、わたしの恋人よ！」

誤解を解こうとしたクロエが張り上げた声に、エミーディオは更に激高した。

「やはり貴様が姉を騙したならず者かあああ！」

（やはり？　エミーはヴァルがヴァルだと知って矢を射かけたというの？）

どうしてエミーディオがそんなに怒っているのかわからなくて混乱するクロエを、ヴァルフレートは背中に庇う。

「万が一にもお前の大事な姉上に矢が当たったらどうする。大事な人に向けて矢をつがえるな」

「僕が姉上を害するわけがないだろう！　悪漢に鏃《やじり》を向けずして誰に向けるというのだ！　さあ、悔い改めろ、盗《ぬす》っ人《と》め！　天に許しを乞う暇くらいは与えてやろう！」

頭に血が上ったエミーディオはキリリと弓を引き絞る。

こうなったら何を言っても無駄だと判断したのか、ヴァルフレートは腰に佩《は》いた剣をいつでも抜けるように構えた。

「ヴァル、お願いだからエミーに怪我をさせないで！　大事な弟なの！」

「！」

クロエの声に動揺したのか、エミーディオがギクリと肩を強張らせた。

その瞬間手元が狂ったのか矢が放たれ、まっすぐにヴァルフレートに向かう。

「いや！　駄目よ、やめて！」

放たれてしまった矢に対してやめてと言っても詮ないが、混乱したクロエは絶望から叫ぶ。

しかしヴァルフレートは取り乱した様子もなく、すらりと剣を鞘《さや》から抜くとシピンと軽い音をさせて矢を両断した。

あまりの早業にクロエは足元に落ちた矢を見て目を見開く。

太刀筋が全く見えなかった。

驚いたのはエミーディオも同じようで、彼も信じられないという顔で目玉が落っこちそうに見開いている。

「一度放った矢は戻らない。ポルティモ師はそう教えなかったか？」

「……なぜ」

なぜ、弓術の師匠を知っているのかと言外に問うエミーディオだったが、クロエが腰が抜けたのか座り込んで泣き出してしまったので、その場はうやむやになった。

そんな事情から、急遽《きゅうきょ》四阿で緊張感漂うお茶会が開催されることになってしまった。

まだ鼻をスンスン鳴らしているクロエの隣にヴァルフレートが、その向かいには眉間にしわを寄せたエミーディオが座る。

席順に異議があるようだったが、クロエがヴァルフレートの服を掴んで離さないため致し方ないというのが現状だ。

「そろそろ落ち着いたか」

ハンカチでクロエの涙を拭いてやるヴァルフレートの声が低く優しい。

クロエが頷くと、二人の間に甘い空気が漂ったため、エミーディオは心の中で胸を掻きむしった。

「姉上、そいつが姉上が言っていたヴァルとかいう奴なのですね」

声だけは努めて冷静にと心掛けたが、表情まで管理することができず、エミーディオはヴァルフレートを睨みつける。

「まあ、エミー。未来の義兄になんて言い草なの？」

「構わないさ。エミーの複雑な心境は理解できる」

ヴァルは優雅にソーサーを手に取りカップを持ち上げる。

一切の音がしない完璧なマナーで一口飲むと、口角を上げる。

「さすがベネヴィート伯爵家。良い茶葉を使っているな」

「お前にエミーと呼ばれる筋合いはないのだが……！」

奥歯を食いしばり頬を引き攣らせるエミーディオに、ヴァルフレートは素直に頭を下げた。

「これは失礼。仲良くなりたくて気が逸ってしまったな。すまないね、エミーディオ卿」

「……ぐっ」

息を詰まらせたように唸り、エミーディオは沈黙する。

エミーディオから見て、ヴァルフレートは得体の知れない男に映る。

無頼漢ではなさそうだが、それでも正体不明だ。

とてもではないが大事な姉に近づけていい相手ではない……と、思っていたのに、それが揺らぎ始めている。

エミーディオは弓術にかけては師匠のポルティモを除き、王都の誰にも負けないという自負がある。

来るとわかっていても簡単に落とせる速度ではないのに。

（いとも簡単に、そして完璧に両断された……！）

恐らくヴァルフレートはかなりの剣の使い手だろう。

しかも我流ではなく、きちんと『騎士としての訓練』を受けた者の動きだった。

それは貴族であるという証明になる。

アレンブラウ国の貴族男子は、必ず騎士の訓練を受ける。

エミーディオも剣士として訓練を受けたが、才能は開花せず弓術を身に着けた。

ゆえに剣士の動きは目が覚えている。

（ますますわからない……この男は一体）

目の前でクロエといちゃつくヴァルフレートが憎くて仕方がない。

エミーディオは堪らず立ち上がり、ヴァルフレートを指差す。

「俺はお前を認めない！　勝負だ！」

「エミー、なにを言うのよ？」

慌てた様子のクロエを、ヴァルフレートが構わないから、と落ち着かせる。

「クロエとの幸せのために乗り越えなければいけない試練だ。なにで勝負をする？」

勝負を受け入れたヴァルフレートに、エミーディオは顔を邪悪に歪ませた。


「弓で勝負なんて、そんなの平等じゃないわ！」

エミーディオは己の得意な弓術での勝負を提案した。

それにはクロエが抗議の声を上げる。

しかしヴァルフレートは再び構わないからと柔らかくクロエを宥め、勝負を了承する。

「剣で勝負したら俺に有利で不公平だろう？」

「……っ、いちいち気に障るやつだ！」

敵意むき出しのエミーディオは、手にしていた弓をヴァルフレートに渡す。

「君の獲物を貸してくれるのか？」

「ハンデだ！　それに、僕が不正をしないことの証明だ！　全力で、そして実力でお前を負かす！」

「その潔さ、嫌いじゃないな」

「ヴァル……」

心配そうにヴァルフレートの服の裾を引くクロエに、ヴァルフレートは目を細める。

「大丈夫、安心してくれ。俺はクロエの手を放すつもりはないから」


勝負は弓術の練習場の的を交互に五本射《う》ち、より真ん中に多く当てた方が勝ちというものだ。

屋敷に戻って来てからというもの、毎朝エミーディオの稽古を見学していたクロエは、贔屓目《ひいきめ》なく弟がかなりの実力の持ち主であることを知っていた。

ハラハラと試射を見守るクロエだったが、皆中に近い試射を連発するエミーディオに対して、的にギリギリ当たる程度のヴァルフレートでは相当腕前に差がありそうだ。

クロエの顔色はどんどん悪くなっていく。

「ヴァル……っ」

「ふふん、口ほどにもないな。僕が勝ったら姉上を諦めてもらうからな」

完全に悪役と化しているエミーディオに、ヴァルフレートは怒った様子もなく淡々と返す。

「いいだろう。だが、俺はクロエを諦めるつもりはない」

そう言って放ったヴァルフレートの矢は、またしても的の真ん中を外した。

（ああ、駄目かもしれない……）

愛する人の勝利を信じたいクロエだったが、敗色が濃厚で泣きたくなる。

試射が終わり、とうとうクロエを賭けた勝負が始まった。

屋敷の使用人たちが騒ぎを聞きつけギャラリーとなって遠巻きに眺める中、最初にエミーディオが、その後ヴァルフレートが射ることになる。

クロエは胸の前で固く指を組んで神に祈る。

（二人とも怪我などしませんように。どうかヴァルが勝ちますように……！）

弟の勝利を願ってあげることができないことを申し訳なく思いながら、クロエは唇を引き結ぶ。

そして一本目、エミーディオが放った矢は皆中からやや逸れた。

それでも十分感嘆に足る精度だ。

本人も手ごたえを感じているようで、気合と共に拳を握った。

次にヴァルフレートの一本目。

気負った様子はまったく感じられず、静かな動作で弓を構えたヴァルフレートが放った矢は的の真ん中、皆中であった。

観客から大きなどよめきが上がり、エミーディオが動揺で弓を取り落とした。

「な、……まさか！」

しかし何度見ても明らかにエミーディオの矢よりも真ん中を射抜いている。

「すごい……！」

小さく感嘆の声を上げたクロエに、ヴァルフレートが振り返って口角を上げて微笑む。

「ま、まぐれだ！　そうに決まっている！　次だ！」

エミーディオの二本目は、一本目よりも真ん中を外した。

動揺が現れてしまったのだろう。

悔しげに地面を蹴るエミーディオとは対照的に、ヴァルフレートは再び静かに弓を構えた。

彼の放った矢は空気を鋭く裂き、またしても的の真ん中へ吸い込まれるようにして刺さった。

ワッ！　と観衆が声を上げたが、すぐにエミーディオに気遣って息を潜める。

三本目、四本目もエミーディオは精彩を欠き、ヴァルフレートは的の真ん中を射続けた。

そして五本目、大きく深呼吸をしたエミーディオだったが、やはり皆中を射貫くことはできず、がっくりと肩を落とした。

「そんな……いつもなら連続で皆中を出せるのに……」

「エミー……」

項垂れるエミーディオになんと声を掛けていいのか悩んでいたクロエだったが、ヴァルフレートが静かに声を掛ける。

「自分が確実に格上で、俺の試射を見て絶対に負けることがないという驕《おご》りが、俺の実力を見て力みを産んだのだろう。弓の師は慢心せよと教えたか？」

辛辣な言葉にエミーディオが言い返そうと顔を上げる。

その視線はヴァルフレートの射る矢に攫《さら》われた。

あまりに気負いなく自然な構えから放たれる矢は、当たるべくして当たったとわかる。

皆中を射抜いたというのに、嬉しそうな顔もしないヴァルフレートは静かに弓を持った腕を下げると、まっすぐにエミーディオを見つめた。

「試射も含めて俺の作戦勝ちだな」

その言葉から、試射のときに実力を見せなかったのはヴァルの作戦であったということが知れ、エミーディオが激高する。

「卑怯だぞ！」

「卑怯もクソもあるか。俺はなんとしてもクロエの隣にいる権利をもぎ取ると決めたのだ。相手が弟だろうと父親だろうと譲る気はさらさらない」

悪びれずに言い放つヴァルフレートに違和感を覚えたクロエだったが、ヴァルフレートに掴みかかろうとするエミーディオを押さえるのに必死だった。

「貴様、そこになおれ！　姉上が欲しければ土下座して赦しを請え！」

頭に血が上ったエミーディオは地べたを指差してわなわなと震えている。

「エミー！　なんてことを言うの……ちょっとヴァル、座らなくていいから！」

エミーディオに言われた通り地べたに膝を折って座ったヴァルフレートは、手をつきエミーディオを上目遣いに見た。

「この程度で許してもらえるならいくらでも。エミーディオ・ベネヴィート、君の姉との結婚を許していただきたい」

脚を折り両手をついて頭を下げるのは、この国では罪人の命乞いだ。

剣士の心得があるらしいヴァルフレートが、まさかそんなことをするなどと思わなかったエミーディオは驚きに動きを止める。

「ヴァル、いいから立ってちょうだい！　あなたがそこまでする必要はないわ！」

なにものにも阿《おもね》ることがない、孤高の存在だと思っていたヴァルフレートが、自分のために頭を下げるなんて。

クロエは混乱して視界が涙で滲《にじ》む。

そこに新たな声が掛けられた。

「なんの騒ぎだ、なにをしているんだ……あっ、うわあああああ！」

屋敷に帰ってきた父ヨーセフは土下座するヴァルフレートが顔を上げたのを認め、顔色を悪くして叫ぶ。

「ああ、どうか頭を上げてください……いや、まず立ってください！」

「父上？」

父親の言動が明らかに目上の者に対するそれだったことを訝しんだエミーディオを、ヨーセフは叱りつけた。

「なんてことを……！　知らないとはいえなんてことを……っ」

激しく動揺するヨーセフに声を掛けたのはヴァルフレートだった。

「そんなにかしこまらなくても。俺がしたかっただけだから」

なんらかの事情を知っているらしい父とヴァルフレートの様子を不思議そうに眺めていたクロエだったが、事態が収束しそうで安堵の息をついた。


場所を屋敷の応接間に変え、クロエとヴァルフレート、そしてヨーセフとヘイディは向かい合って沈黙していた。

同席を熱望していたエミーディオは、ヨーセフに説得され別室で待機している。

それぞれの前には湯気が立つカップが置かれているが、誰一人として口をつける者がいない。

長い沈黙を破ったのは、クロエだった。

あまりに重い空気に耐えられなくなったのだ。

「そ、それにしてもヴァルがあんなに弓術に優れているなんて、知らなかったわ！」

「まあ、あれができる、これもできると自慢して回ることではないしな」

ヴァルフレートの表情はさきほどの土下座を気にした様子はまったくなかった。

「当然だ。幼い頃から文武に優れ……」

「ベネヴィート伯爵」

ヴァルフレートがヨーセフの言葉を遮る。

そんな様子を具《つぶさ》に見ていたクロエは眉間にしわを寄せた。

（さっきからお父様の様子が変だわ、まるでヴァルを知っているかのように……）

そして思い起こせばヴァルフレートもヨーセフのことを知っているような口振りだったことを思い出す。

「あなたがクロエに渡したネックレスは……」

探るように目つきで尋ねたヨーセフに、ヴァルフレートはゆっくりと頷いた。

「目聡《めざと》いな」

「ネックレスって、ヴァルのご両親の形見でしょう?」

首から提げたお守りを持ち上げると、小さな宝石が煌《きら》めいた。

そういえば次に逢う時まで預かるという話だったことを思い出したクロエは、ネックレスを首から外そうと持ち上げる。

その手をヴァルフレートが止めた。

「いや、まだクロエが持っていてくれ。これは厄災を防ぐお守りだから」

「でも……」

そんな大事な物をずっと持っているわけにもいかない、とクロエが顔を曇らせると、ヨーセフが助け舟を出した。

「……仰《おっしゃ》る通りにしなさい。お前が然《しか》るべき時まで大事に持っているんだ」

「はい……」

上目遣いにヴァルフレートを見ると、彼もヨーセフの意見に賛成のようで、口角を上げた。

ヨーセフとヴァルフレートのなんとも形容しがたい態度を問い詰めたかったが、話は『王胎』についてに移っていく。

「昔占い師から言われたそうだが……」

「彼は以前王族に召し抱えられていたと言っていました。年を取り職を辞したのち各地を放浪していると」

しっかりとした身元照会をしたわけではないが、随分と親身になってクロエの行く末について相談に乗ってくれたという。

「修道女見習いとして人目を避けることも、彼が提案してくれて……のちに彼のことを調べようと王城の資料を探したのですが……その後の火事で」

ヨーセフはそこで言葉を切った。

クロエはよく知らないが、クロエが修道院に入った翌年、王城で火災が発生し国王に即位間近の王太子とその妃、更には息子が一斉に亡くなったという痛ましい出来事があったのだ。

ヨーセフが確認したかった資料は、その混乱で焼失してしまったのだろう。

「なるほど。身内のいる所で言うのも面映《おもは》ゆいが、クロエからは特別ななにかを感じた。それが王胎なのかは正直わからないが、王胎だろうとそうでなかろうと俺がクロエを愛する気持ちに変わりはない」

「……！　わ、わたしもヴァルが何者でも愛しているわ！」

まっすぐなヴァルフレートの言葉にクロエの顔は真っ赤になる。

自分と同じ気持ちでいてくれていることがわかり、胸がときめいた。

ヴァルフレートによると、彼の身分は今微妙な状態であるらしく、それを復活させるべく奔走しているという。

体制が整うまでにまだしばらく時間がかかることを告げ、待っていてほしいと頭を下げた。

「クロエに苦労を掛けるようなことはしない。ずっと、俺が守ると誓う」

恐縮するヨーセフとヘイディに対してヴァルフレートは、それまで俺の妻を頼むとクロエのことを頼んだ。

「ヴァルっていったい何者？」

二人で庭を散策しながら、クロエはヴァルフレートの服を引いた。

最初は野犬に追われた旅人だった。

その後、友のような、同士のような関係になって……想いを通わせる恋人になった。

騙されているのではと疑っているわけではないが、根っこが定まらないようなおかしな気持ちだ。

一番近いはずのクロエが知らないことを、父のヨーセフは知っているような雰囲気を感じ取るともやもやしてしまう。

「もう少し待ってくれ。クロエを迎えに行くのに、ただの旅人じゃカッコつかないだろ」

そう言って口角を上げるヴァルフレートの腕に、クロエはしがみ付いた。

「いいの！　ただのヴァルでいいの！　わたしは肩書きが欲しいんじゃない、ヴァルだから好きなの！」

勢い余って木の幹にヴァルフレートを押し付けた形になったクロエは、彼の胸に頭頂部をぐりぐりと押し付ける。

このままのヴァルフレートが側にいてほしいのに、また離れてしまうなんて。

この肩を抱く温かさが、また離れてしまうなんて考えたくない。

クロエはヴァルフレートが抵抗しないのをいいことに、両腕を背中に回してがっちりと掴む。

「クロエ……」

「離さないんだから！　こんなに好きなのにまた離れるなんて……っ」

言えば言うほど別れがつらくなるのは、クロエもわかっている。

だが、この切なさはどうすれば埋まるのだろうか。

「クロエ……俺も離れ難い。ずっと一緒にいたいと思う」

頭を撫でる大きな手のひらが熱くて泣きたくなる。

二人は抱き合うと、自然に唇を重ねた。

屋敷からは見えないように木の陰に隠れなければと考えていたクロエだったが、口付けに夢中になってしまい、次第にヴァルフレートのことしか考えられなくなっていった。

久しぶりに感じる体温、香り、そして力強い腕。

ヴァルフレートのすべてを五感で感じ取りたくて、クロエは積極的に舌を絡めた。

濃厚な口付けのせいで化粧が乱れたクロエの唇を、ヴァルフレートが親指で拭う。

「口紅が取れてしまった。なにをしていたかバレてしまうかな」

「あっ、だ、大丈夫よ……恋人同士で、結婚の約束もしているのだから」

口付けくらい……と言葉を濁すクロエの顎を持ち上げて、ヴァルフレートは触れるだけのキスをした。

「本当はこれくらいで終わらせるつもりだったんだが、いざクロエが側にいると身体が熱くなってしまっていけないな」

まさに自分もそう思っていたクロエは、ヴァルフレートも同じ気持ちだったことがわかり胸が高鳴った。

同時にここではこれ以上のことができないと気持ちに歯止めをかける。

「……早く、ヴァルと気兼ねなく触れ合いたいわ……」

再びヴァルフレートの胸に頬を寄せると、クロエは悩ましいため息をつくのだった。


また別の日、ヴァルフレートが伯爵邸に現れると、クロエよりも先にエミーディオがヴァルフレートを見つけ勝負を申し込んだ。

「勝負？　また弓術か？」

「違う！　今度は剣術だ……自分の得意な獲物だけでの勝負は卑怯だからな！」

鍛錬用の木剣をヴァルフレートに向かって投げたエミーディオは鼻息を荒くする。

普通に考えて、自分の得意なことで負けたのであればそこで終了であると思っていたヴァルフレートだったが、エミーディオの気が済むのであればと思い直し剣を構える。

エミーディオは剣の素養がなかったため弓術に転向したが、だからと言って剣術を適当にしていたわけではない。

きちんと基本を押さえた隙の無い構えに、ヴァルフレートは知らず口角を上げる。

「有望な青年だな」

「貴様に将来を許られてたまるか！」

地面を力強く蹴ったエミーディオは、裂帛《れっぱく》の気合と共にヴァルフレートに切りかかった。

数度打ち合うが、ヴァルフレートは防戦一方だ。

手応えが妙なことに気がついたエミーディオがヴァルフレートに向けて怒鳴る。

「貴様……、稽古をつけているつもりか！」

「おっと、すぐにバレてしまったな」

飄々《ひょうひょう》と視線を逸らすヴァルフレートに対して、頭に血が上ったエミーディオは激しく打ちかかる。

「まあ、騒がしいと思ったら。わたしよりも前にヴァルフレートと会っているなんて、エミーったら狡《ずる》いわ」

「好きで！　会っている！　わけでは、ありませんッ！」

エミーディオとしては決闘と同じ勢いで打ちかかっているつもりだったが、ヴァルフレートが涼しい顔で受け流すため、側から見たら仲良く稽古をしているように見えたかもしれない。

それがさらにエミーディオを激高させた。

「冷静さを欠くと命取りだぞ、エミー」

急に取り巻く雰囲気が変わったかと思うと、ヴァルフレートが攻勢に転じた。

的確に急所を狙ってくる太刀筋は鋭く、木剣だとわかっていても背筋が冷える。

本気を出したヴァルフレートは速さも段違いで、一体いつ剣を手元に戻しているのかわからない剣技はエミーディオを翻弄する。

「エミー、頑張って！」

「……、う、わあっ！」

クロエの声援が飛んだ直後、いままでにないほどヴァルフレートが鋭く切り込んできた。

体勢を維持したまま避けることができず、エミーディオは尻もちをつく。

「気が逸れたな、エミー」

助け起こそうと差し伸べたヴァルフレートの手を、嫌そうな顔をしながらも掴んだエミーディオは苦い顔だ。

「僕をエミーと呼ぶな。姉上の声援が僕にかかったからといって、大人げないな」

精一杯の嫌みのつもりだったエミーディオの言葉に、ヴァルフレートは片眉を吊り上げる。

「なんだ、バレていたか」

力強くエミーディオの腕を引き立たせたヴァルフレートは、口の端だけで笑いクロエの元へゆっくりと歩いて行った。

「畜生……、強すぎだろ」

容赦ない太刀筋を思い出して、エミーディオは悔しげにこぶしを握る。しかし負けた代償だろうか、その日はそれ以上二人の逢瀬《おうせ》を邪魔しなかった。

そうやってヴァルフレートはときどきベネヴィート伯爵邸を訪れた。

ある時はクロエと穏やかな時を過ごし、ある時はエミーディオの挑戦を笑顔で受けた。

クロエはこのまま家族に認められて結婚できるのだと信じて疑わなかった。

晴天のある日、ベネヴィート伯爵邸の庭ではヘイディとクロエがバラの花びらを摘んでいた。

毎年恒例になっている、バラのポプリを作るためだ。

「いい香りね。修道院では食べ物採取くらいしかしていなかったから、こんな優雅な気持ちは忘れてしまっていたわ」

「うふふ。食べておいしいのも大事よね。今度ピクニックがてら食べられる草花を摘みに行きましょうか。そのときはクロエが教えてね」

ヘイディの提案にクロエは笑顔を返して、二人はせっせとバラを摘んだ。

小さい頃は棘《とげ》が危険だからと言われ、一人ではなくメイドの介添えのもと行っていたバラの採取だ。

それを一人でこなせるようになったことが嬉しくて仕方がなかった。

「それはそうとクロエ。あのかた……ヴァル、さんのことなのだけれど」

ヘイディはヨーセフからヴァルが王族であることを聞かされていた。

そしてクロエがそれを知らないだろうことも。

悪党でなくとも王族ならば、自分の地位を盤石なものにするためにクロエを利用するかもしれない。

愛のない結婚をするにはクロエは純粋すぎるし、そんなことは親として決して容認できない。

ヘイディはクロエがヴァルのことをどう思っているのか、見極めてほしいとヨーセフから頼まれていた。

父親には言えないことも、母親には言えるかもしれないというヨーセフの考えだったが、ヘイディにしてみれば逃げを打ったように見えた。

「ヴァルがどうかしたの？」

振り向いたクロエは、ヴァルフレートの名前が出ただけで嬉しそうに顔を輝かせる。

そんな純真無垢《じゅんしんむく》な娘に、これから大人として厳しいことも言わねばならないと思うと、ヘイディの心は重くなった。

「事情はあれど結婚するとなると、互いの家のことをもう少し詳しく知っておかなければいけないと思うのよ？」

ヘイディはゆっくりと噛んで含めるように言う。

「そうね……いくらヴァルのつらい過去を刺激したくないからといって、なにも知らないというわけにはいかないわよね」

貴族の結婚となれば、親戚付き合いも含めて慎重にならざるを得ない。

結婚前の男女が家柄を調べたところ、何代か前の宿敵同士であることが発覚して憎しみが再燃、破談になってしまったという例もあるほどだ。

手合わせをしたエミーディオの話によれば、ヴァルフレートも少なくとも貴族の端くれ以上ではあるらしい。

「家名とかは知らないのだけれど、ご家族のことは少し聞いたわ」

クロエはヘイディに、自分が聞いた限りのヴァルフレートの身の上を聞かせた。

「おじい様とおばあ様は病で亡くなってしまって、お父様とお母様が火事で亡くなってしまって、……今はおじ様が家を継いでいるらしいのだけれど、折り合いが悪くて年単位で顔を合わせていない……お母様はそんな家門をご存知？　そんな事情だから、もしかしたら今は没落しているかもしれないわ」

「うぅ……ん、そうねえ……」

ヘイディは眉を下げて頬に手を当てる。

（あらやだ。聞く人が聞けば王家のことだってわかるじゃない。クロエは修道院に居たからその辺の事情には疎いけれど、それにしても鈍いわね）

クロエが語った内容に当てはまる家門と言えば、ヘイディは王族しか知らない。

さすがにヨーセフの許可なく言ってしまっていいものか迷ったヘイディは話を逸らした。

「それよりもクロエ。もしも子供ができたとして、その子供は王になると予言されているわけだけれど……あなたはどうするつもり？」

ヘイディは慎重に言葉を選んだ。

強制するのも、任せきりにするのも良くない。

現時点でクロエがなにを考え、なにを望んでいるのか知らねばならない。

「どうって……わたしが本当に王胎かなんて、わからないじゃない。それこそわたしが産んだ子が王にならないと。それだって偶然かもしれないし」

「偶然って……偶然で王になれるわけないじゃない……」

ヘイディが頭を抱えると、クロエは「そうよね、ありえないわよね。あはは！」と笑った。

「そう、なるかもしれないし、ならないかもしれない。一人の占い師から王胎と言われただけで、それとわかる印があるわけでも、名指しされた予言の書があるわけでもないもの。気にしたって仕方がないじゃない」

それはそう、確かにそう。

しかし、ヘイディはそれもそうねと笑って同意することはできなかった。

（あなたの恋人のヴァルフレート様は……世が世なら王子様なのよ……！）

喉まで出かかった言葉をなんとか飲み下したヘイディは、少し引き攣った笑みを浮かべる。

母親として、娘に伝えなければいけないことがあるのだ。

「クロエ……閨での行為のときに子供ができない方法を知っている？」

「え？　でもそれは神様の思《おぼ》し召《め》しでしょう？」

ペールグリーンの瞳がきょとんと見開かれる。

やっぱりか……と、眉を下げたヘイディは心の奥の方でヴァルフレートをほんの少し罵倒したのち、そのコツについて娘に伝えるのだった。

一方ヴァルフレートはユルゲンと共にメリオルト公爵の声掛かりで現王に不満を持つ貴族たちの集

まりに顔を出していた。

顔見知りでも互いに名乗らず酒を酌み交わし葉巻を燻《くゆ》らせる空間は、どこか倦《う》んだような印象をもたらした。

「公に出来ない会合だといっても、なかなか盛況じゃないか」

それほど現王アドリアンへの不満が多いということだろう。

恩恵を受けやすい貴族階級でこれなのだから、庶民に至っては考えるだに恐ろしい。

場で浮かないようにそれなりの格好をしていたヴァルフレートに、近付く人影があった。

「少しお時間よろしいですか」

「……ええ」

声を掛けてきたのは、ベネヴィート伯爵……クロエの父だった。

周囲から少し距離を取り、ヨーセフは声を潜める。

「殿下は王族として城にお戻りになる気はあるのですか？」

「なんだ、やはり知っていたのか」

名乗りはしなくても、知っているような素振りを感じていたヴァルフレートは肩を竦める。

城で何度か会ったことがあるだけのヴァルフレートのことを、ヨーセフが本当に覚えているかわからなかったため、敢えて名乗らなかった。

「もちろんです。殿下は亡きセシリオ様の若かりし頃にとてもよく似ておられます。ここでも何人かは、お顔を見て気付いた様子でした」

「ん、そうか」

父親と似ていると言われたヴァルフレートはどこか面映ゆい気持ちになりながら、唇を引き結んで目を伏せる。

幸せだったころの記憶と、父と母の亡骸《なきがら》が炎に包まれる記憶を同時に思い出したせいだ。

「娘のことを、本当はどう思っているのか、お聞きしたいのです」

ヨーセフは強い決意の滲む視線でヴァルフレートを射る。

「もしも娘が本当に『王胎』であったなら、権威を欲する者の争いに巻き込まれることは避けられません……だからかわいい盛りの娘を断腸の思いで手放したというのに……まさかそのせいで争いの渦中たるあなたに見つかってしまうとは」

ヨーセフの言葉には無念が溢れていた。

「娘には苦労を知らず、ずっと幸せでいてほしいと願う親の気持ちが、あなたにはわからないのですか……っ」

八つ当たりだということはヨーセフにもわかっていた。

しかしクロエの行く末を案じるあまり、不安がどうしても拭い去れないのだ。

「ベネヴィート伯爵の懸念はもっともだ。しかし、私とてクロエが『王胎』だと知って愛したわけではない。あなたと夫人が慈しんだクロエだ。誰からも好かれる娘だということは、あなたが一番知っているはず」

「しかし私は……クロエのために王家と……権力と距離を置き……っ」

「承知している。私もクロエに苦労を掛けるのは本意ではない。どうにか幸せにしたいと考えている」

「……っ」

ヨーセフの表情は苦悩に満ちていた。

彼もクロエとヴァルフレートの出逢いが謀《はかりごと》ではなく、偶然のものであることは知っているのだろう。

それでも、言わずにはいられないのだ。

愛する娘のために。

ヴァルフレートはそれがわかるからこそ、なにを言っていいのかわからずに、口を噤《つぐ》む。

王族であれば強権を発揮して強引にクロエを娶《めと》ることもできる。

そうなればヨーセフは王家の臣として絶対に異論を唱えることができない。

（だが、そうはしたくない。クロエは祝福されるべき女性だ）

ヴァルフレートは眉間にしわを寄せた。


家で出来ることをやり尽くしてしまったクロエは、暇を持て余し始めていた。

少しでいいから街歩きをしてみたいと強請《ねだ》ると、両親は考え抜いた末に外出を許可した。

実際のところ妊娠もしていなかったし、目立たぬ程度になら問題ないだろうという判断から、クロエはヘイディと王都で最も栄えている通りに来た。

娘盛りの十年間を修道院で質素に暮らしていたクロエには、王都はまるで夢の中のように煌びやかに映る。

「まあ、まあ……！　なんて素敵なのかしら！」

まるで子供のようにショーウィンドウに見入る様子を見て、ヘイディは笑顔を浮かべながら複雑な気持ちになる。

普通の娘として育ててあげられなかったことへの申し訳なさが涙腺を緩ませた。

「なんでも、いくらでも……好きなものを買いなさい……っ」

ベネヴィート伯爵家は大富豪というわけではないがそれなりの資産を有しているし、クロエの分の財産もしっかりとある。

十年間使うことのなかったクロエの財産はちょっとしたものだった。

「まあ、そんな無駄遣いはしないわ。でも……せっかく街に来たのだから記念になにか選びたいわ」

そう言いつつクロエが買い求めたのは父や母、弟そして屋敷で働く使用人たちへの土産だった。

自分用に買ったのは、無地のハンカチと刺繍糸《ししゅういと》のみ。

「クロエ……もっと自分のものを買いなさい。ほら、あのブティックのドレスなんて、あなたに似合いそうだわ」

あまりにささやかすぎる買い物にヘイディは眉を顰め、華やかなショーウィンドウを指差す。

本来貴族であれば屋敷にデザイナーを呼び仕立てさせるものだが、たまには衝動買いをするのもいいだろう。

特にクロエはそれが許される十分な理由がある。

突然の母の散財の気配にクロエは目を丸くした。

「でもお母様、わたしの部屋にはまだ袖を通していないドレスもアクセサリーも靴も帽子も、たくさんたくさんあるのよ？　まずはそれらを身につけてから新しいものを買おうと思うの。そうじゃないとなにが似合うかわからないでしょ？」

クロエの衣装部屋には毎年誂《あつら》えたと思われるドレスがたくさん吊《つ》るされている。

十歳の頃からこれまでの分である。

いつ戻ってきてもいいようにという家族の願いを目の当たりにしたクロエは、それを見て感動のあまり泣いてしまった。

さすがにすべて着ることはできないので、サイズが合わないものは寄付したり使用人に下賜したりしたばかりだ。

言われてみれば納得できる理由だがヘイディは眉を顰める。

「屋敷にあるものはどれも似合うに決まっているわ！　せっかく来たんだもの、気に入ったものをひとつくらいは……」

無駄遣いを推奨するわけではないが、ヘイディは言いようのないもどかしさに気を揉む。

時には無鉄砲になるべきよ、と話しながら通りを曲がろうとしたところで、出会い頭に向こうから来た人物とぶつかりそうになった。

「あっ、失礼しまし……、ヴァ、ヴァル！……と、ユルゲンさん！」

「クロエ、大丈夫か」

その人物はいかにも上級貴族然とした服装に身を包んだヴァルフレートとユルゲンだった。

ぶつかっていないのに、ヴァルフレートは手を伸ばしクロエの腰を支える。

その仕草があまりに自然で、クロエはあるべきところに戻ったような気持ちになった。

「本当に嬢ちゃんはブレねえな」

ユルゲンがいつものついでのように言われることに物申したが、それにすら上の空になってしまうほど、クロエはヴァルフレートのことを見つめるのに忙しい。

「ヴァル、あの……どうしてここに？」

もし時間があるのなら少しお茶でもして話ができないかと思ったクロエの予想を、ヴァルフレートは大幅に上回る発言をする。

「なんだかクロエに会える気がしていたんだ。伯爵夫人、突然で申し訳ないが少しクロエをお借りできますか」

「え、ええ……それはもちろん……」

ヴァルフレートが王族だと知っているヘイディはどう対応するのが一番いいか迷いながらも、彼の言葉に否ということができず汗をかく。

間違いなくクロエを屋敷に送り届けると約束し、ヴァルフレートはクロエを伴って颯爽《さっそう》と歩いて行ってしまう。

それを見送ったヘイディは、呆然《ぼうぜん》としながらもヴァルフレートの人を従える力を持つ声に驚いていた。

（今までは加減しておられた……？　柔らかな口調だったのに、服装も相まって圧が強い……）

遠ざかる背中に覇気のようなものを感じて、ヘイディはブルリと身体を震わせた。


ヘイディが感じたものを、クロエも感じ取っていた。

今自分をエスコートしているのは、本当に自分の知っているヴァルフレートなのだろうかという疑問が拭い去れない。

（着ている物がいつもと違うだけで、当然だけれど顔も声もヴァルだわ。でも、なにか……）

取り巻く空気（ユルゲンにあらず）まで違う気がして、クロエは身を固くした。

「どうした？」

クロエの変化をすぐに察したヴァルフレートが腰へ回した手の力を強めて立ち止まる。

他人の通行を邪魔しないように通りの脇によると、もう一方の手でクロエの手を握りしめた。

「う、ううん……ちょっと緊張しちゃって……」

まさかちょっと服装を整えただけで、ヴァルフレートがこんなに素敵な貴公子になるなんて思わなかったのだ。

確かにヴァルフレートの顔は整っていて上背もあり、下種な言い方をすれば見栄えがする。

しかしいざ身なりを整えた貴公子然としたヴァルフレートにエスコートされると、自分がつまらない者のような気がしてしまう。

「緊張？　どうして」

「ヴァルがいつもに増して素敵だから……ドキドキするわ」

そう言って胸を押さえると、ヴァルフレートはぎゅっと目を閉じた。

それを見たユルゲンは（嬢ちゃんの可愛さを噛みしめているな……）と微笑ましく思いつつも遠い目をするのだった。

二人とユルゲンは雰囲気のいいカフェで休むことにした。

当然のように個室に通されたクロエは挙動不審になる。

（えっ、個室？）

王都のカフェに入ることも初めてのクロエは、どうしていいかわからずにソファで身を固くした。

緊張した様子がわかったのか、ヴァルフレートは注文を済ませ店員を下げると、些《いささ》かだらしなくソファに座る。

「もっと楽にしていいんだぞ。ユルゲンはこのあと用事があるし」

そうなのかとクロエがユルゲンを振り返ると、彼は眉を下げて笑っていた。

これはきっとユルゲンに用事はないのだろうと察したが、彼は「そうでした、大事な用事があるんでした」とカフェを出て行く。

「もう、ヴァルったらユルゲンさんを追い出すようなことをして」

口ではそう言いつつ、二人きりになったクロエはさきほどよりもリラックスした様子でヴァルフレートの隣で唇を尖らせた。

「いつも一緒にいるから、たまには別行動するのも息抜きになるんだ」

気にするなとクロエの頬にキスをしたヴァルフレートは、クロエの白金の髪をひと房持ち上げると指に巻き付ける。

緩くウェーブしたクロエの髪は程よく指に絡みつき、するりと落ちていった。

「そう言えば、ユルゲンさんってお友達ではないの？」

最初は一緒に旅をする友人だと思っていたが、二人を見ているとそうではないような気がしてくる。

「友人……ではないな。実はユルゲンは俺の親に仕えていた男なんだ」

「まあ、そうなのね」

それにしては砕けている、と思いつつ、クロエはこのままヴァルフレートの家の話が聞けるのではないかと内心期待していた。

仕えていたというからにはヴァルフレートの家は貴族だったのは確定だろうとクロエは考える。

「火事に巻き込まれそうになっていた俺を助けてくれたのがユルゲンだ。だから恩人でもあるし、剣の師でもあるし、旅の友でもある。奴の性格がああだから上下関係はあるような、ないような。腐れ縁というのが一番しっくりくる気がするな」

最後ははぐらかしたが、信頼関係がなければこうも一緒にいるはずはないだろう。腐れ縁と言ったがクロエにはもっと強い絆《きずな》で結ばれているように思えた。

「そうなのね。ヴァルの周りには素敵な人が多くいるわね」

クロエの言葉にヴァルフレートは首を傾げる。

多く、とは誰のことだ？　と小さく呟く彼にクロエは微笑みを返す。

「隣国のご友人のことよ」

クロエは家族を亡くし、自身も大怪我《おおけが》をしたヴァルフレートの心と身体を癒したその友人を神格化するほどに感謝していた。

彼がいなければヴァルフレートと出会えなかったかもしれないと思うと恐ろしくなるほどだ。

「ねえ、いつかそのご友人にご挨拶をしたいわ。機会があったら絶対に会わせてほしいの！」

キラキラとしたペールグリーンの瞳を向けられたヴァルフレートは珍しく譲らない決意を見せたクロエを眩《まぶ》しそうに見つめる。

「ああ、いつかな」

「嬉しい……っ！　絶対だからね！」

ヴァルフレートの腕に自身の腕を巻き付けて喜ぶクロエを見て、彼は片眉を吊り上げた。

「随分と熱心だな。まるで俺よりもやつに会いたがっているように聞こえる」

そう言ったヴァルフレートの瞳の奥に、妙な気配を感じてざわりと肌が粟立《あわだ》つ。

一瞬虹彩に赤が混じったような気がしたのだ。

「違うわ、感謝の気持ちを伝えたいだけよ。ヴァルとこうしていられるのも、そのご友人のお陰だもの」

そう言ってじっと見つめるがヴァルフレートの瞳はグレーのままだ。

(見間違いかしら？　野犬に襲われたときも見た気がしたのだけれど……)

見つめ合っているとヴァルフレートが顔を寄せる。

口付けの気配を感じた途端に、ふわりと馴染んだ香りがして別の意味で身体が強張ってしまった。

(ヴァ、……ヴァルの匂い……っ)

肌を合わせたときに感じる香りのせいで、クロエの意識は一瞬であの修道院での夜に飛んでしまう。

初めて心から愛しいと、離れたくないと思った異性との一夜。

薄明の中で慌ただしく日常へ戻らなければならなかった、あのときの後ろ髪を引かれる気持ちが甦ってきてしまった。

「……クロエ？」

唇が触れるほどの距離まで近付いて覗き込んだクロエの瞳に甘く疼くものを見つけたのか、ヴァルフレートは目を細め口角を上げる。

「……ふふ。お母上から預かった手前、紳士的にお茶でもして屋敷に送り届けようと思っていたのだが」

そう言うとヴァルフレートはクロエの腰に回した腕の力を強めた。

「え？」

驚きながらも多分に期待の混じるクロエの声は、この先の行為を了承したも同然だ。

わざとゆっくり唇が重なると、啄《ついば》むようにキスをした。

それが妙に可笑《おか》しくて、クロエはクスクスと小さな笑いを漏らす。

「こら、口付けの途中で笑うなんて失礼な奴だ」

そう言うヴァルフレートも笑っている。

クロエが児戯のように舌を伸ばして唇を舐めると、負けじとヴァルフレートも舌を伸ばす。笑い声は徐々に熱を帯び、舌を擦り合わせ深く求めた。

あえかな喘ぎがクロエから漏れると、ヴァルフレートは細い身体を抱き締める腕に力を込める。

「俺は大切な人を失う恐ろしさを知っている。クロエ……、君を失うのが怖い……」

「大丈夫よ、ヴァル。私はいなくならないわ。そんなに心配しないで」

ヴァルフレートの心の傷を想って潤んだ瞳が再び閉じられ、唇を重ねる。

こんなに強く美しい男をも臆病にしてしまうほど、喪失の衝撃は大きい。

愛する人を癒してあげたい。

抱きしめられながらクロエは切ない気持ちになっていた。

第四章　仮面舞踏会

王城の馬車停《と》まりの前に馬車の渋滞が出来ていて、クロエは目を見張る。

こんなにたくさんの馬車を見たことがなかったのだ。

馬車から降りてもクロエの驚きは止まらない。

煌びやかに装った人々の群れに溺れてしまいそうになる。

「す、すごいところね……！」

両親と揃って王城にやってきたクロエは驚きと緊張を隠し切れなかった。

なにしろクロエは社交界デビューをしていないため、初めて王城に足を踏み入れたのだ。

（それなのに、初めてがまさか仮面舞踏会なんて……！）

羽を広げた蝶のような仮面を被りながら、クロエは固唾を呑む。

このような催しがあると知識では知っていたが、こうも大々的に、しかも王城で行われることに驚きを隠せない。

数寄者貴族の間で余興のように小規模で行われるものとは違い、今夜は王家が主催しているため、規模が桁違いだ。

仮面で顔を隠すことは警備の面で不安が残ると反対意見もあったが、それを一蹴したのは国王だという。

現国王アドリアンは王子時代から享楽的な人物で評判がそれほど良くなく、本来ならば国王になる予定ではなかった。

言い方は悪いが、王太子であった兄セシリオがその息子と共に不遇の死を遂げたために、繰り上げで玉座が転がり込んできたに等しい。

予想外の重責に思い悩むどころか小躍りして喜んだアドリアンは、内政に頓着しなかった。

政《まつりごと》を事務官に任せきりで昼間から宴でもないのに城に踊り子を呼び、酒を浴びるように呑んだ。

耳に痛い諫言《かんげん》を発する者を遠ざけ、ゴマを擂《す》る者を重用した。

それでも国が傾かなかったのは、勤勉な事務官と最後の砦《とりで》たろうと踏ん張った貴族たち、そして自分たちの暮らしを守ろうと奮闘する民のお陰だ。

しかしアドリアンは目が曇っているために、自分の治世の賜物であるとふんぞり返った。

そして己の威容を広めるべく催した宴が『仮面舞踏会』なのである。

「どうして仮面……」

明確な答えが欲しい質問でなかったことから、クロエの疑問は夜の闇に溶けていく。

そのような事情があれど、王家が主催の舞踏会ともなればそれなりの品格が求められる。準備にはかなりの時間と費用が掛かったであろうことは想像に難くない。

招待された賓客の中には、他国の王族や外交官も招待されていると聞く。

誰もが仮面をしているので定かではないが。

「仮面をしているとはいえ、私たちは挨拶をしなければならない。クロエは知り合いもあまりいないしあまり無理をせず、雰囲気を楽しむくらいのほうがいいだろう」

「ええ、わかったわお父様」

弟のエミーディオは騎士団の仕事で先に来ているらしいが、なにぶん人が多くてまったく会える気がしない。

時折見かける騎士は制服に仮面をつけているので、エミーディオも同じような格好をしているのだろうと思われた。

（ああ、ヴァルがいたらダンスをしたかったのに。連絡先がわからないのは不便ね）

仮面舞踏会に参加することが決まったあとヴァルフレートも参加するのか聞きたかったが、連絡を取る術がなく、また訪問もないまま今日になってしまった。

壁を背にして会場に目を向けると、同じように仮面を被った淑女令嬢たちが楽しそうにおしゃべりに興じたりダンスをしたりしているのをつい羨ましい視線で見てしまう。

修道院に行かずずっと王都で暮らしていれば、友人も恋人も出来て楽しく過ごせていただろうか。

（いいえ、そうだったらヴァルに出逢えなかったかもしれない！　それは嫌よ！）

慌てて首を振っておかしな考えを追い払う。

暇だからおかしなことを考えるのだと結論付けたクロエは、軽食でも摘まもうとダンスホールを出ようとした。

「お一人ですか」

急に声が掛けられて、返事をする前に肩を掴まれた。

「……っ？　どなたですか？」

背後から近付いて淑女の肩を掴んで強引に身体を自分のほうに向けさせるなど、どんな不調法者だ。

クロエは仮面の下で目を眇める。

「ははは、これは可笑しい。今宵《こよい》は仮面舞踏会ですよ？　誰何《すいか》など無粋なことを」

「……」

酔っているのかと警戒したクロエだったが、呂律《ろれつ》もしっかりしていることから、普通に失礼な男であると断じ、気持ちの上で彼との間に壁を構築する。

「生憎《あいにく》連れの者を探しておりますので」

軽く会釈をして立ち去ろうとするが、男はクロエの腕を掴んで離さない。

「またまたご冗談を。今宵は仮面舞踏会。決まったパートナーとだけ踊るなんてつまらぬ人間のすることです。それにさきほどから一人で壁の花になっていたではないですか」

お前をずっと見ていたのだと白状した男の笑みが薄気味悪くて、クロエは眉間にしわを寄せる。

仮面のせいで見えず、気持ちがすぐに伝わらないのが残念だ。

「手を放してください」

思ったよりも固い声が出たことにクロエは驚いたが、男はもっと意表を突かれたらしい。

自分が断られるとは露ほども思っていなかったのだろう。

仮面から出ている耳や頬、首元までを赤くして憤る。

「なんだとこの女。こちらが下手に出ていれば無礼な！」

導火線が短いタイプなのか、男は声を荒らげるとクロエの腕を掴んだ手に力を込めた。

それは痣《あざ》になろうが折れようが関係ないというような加減のなさで、力で女を屈服させることに慣れた男の仕草なのだろうとありありと感じられる。

クロエはその事実を肌で感じてぞっとした。

（こんな無体な人がいるなんて……ここは洗練された王都で、その中でも礼儀と品位を持った貴族が参加している舞踏会ではなかったの？）

顔を隠していて正体がわからないからと、無理矢理に女性を従わせようとするなんて紳士のすることではない。

自分が憧れていた王都はこんなところではない……！　とクロエが力一杯抵抗しようと身を捩ると、男の手の力が弱まった。

諦めてくれたのかとそちらの様子を窺うと、男の腕を別の背の高い男が掴んでいた。

「このように不埒《ふらち》な男が混じっているとは嘆かわしい。誰か、こいつを連れて行ってくれ」

「なにをする！　私は……うぐっ」

言い募ろうとする男が言葉に詰まる。

恐らく掴まれた腕が痛むのだろう。

仮面をつけていても苦悶の表情をしているのがわかった。

「しただかに酔っているのだろう？　そうでないとこのたびの失態は説明がつかない」

ギリギリと腕を捻り上げるようにすると、男が悲鳴を上げた。

「痛い、痛い！　放してくれ！」

「先ほど令嬢が放してくれと言ったとき、お前は手を放したか？　ついさっきのことだし、三歩どころか一歩も歩いていないのだから覚えているだろう」

捻り上げる男は一切の手心を加えていないように見える。

いずれこのままだと無礼男の肩が外れるか、千切れるかしかねない。

クロエは助けに入った背の高い男の背に触れた。

「あの、もうそのくらいで……」

背の高い男はクロエを見ると仕方ないというように息を吐き、男を解放した。

駆けつけた騎士が両脇を抱えて会場を出ていったのを見送って、クロエはようやく肩の力を抜いた。

「ふう……王城は怖いところだわ。ねえ、紳士様」

「そうだな」

助けに入った男は仮面の奥の瞳を眇めた。

グレーの瞳がモノ言いたげに揺らめいている。

「……君さえよければなんだが」

「ええ、ダンスでしょ？　いいわ」

男が言い終わる前にクロエが許可を出した。

手を差し出すと、男は口をへの字に曲げて、その手を取った。

「もしかして君はいつもこんなふうに……」

語尾を濁した男の脇腹をクロエは肘で突く。

「そんなわけないでしょう！　あなただからよ、ヴァル」

仮面で顔を隠していても想う相手を間違うわけがない。

ヴァルフレートならば、きっと助けに来てくれると思っていた。

クロエがそう言って微笑むと、ヴァルフレートも微笑む。

「本当に、君には敵《かな》わない」

既にダンスをしている集団の邪魔にならないよう端の方で踊り始めた二人だったが、気がつくと中央付近にまで移動して来ていた。

「あら、いつの間に？」

「周りが上手《うま》いこと誘導してくれたな」

ヴァルフレートの言葉通り、いつの間にか二人は周囲からスペースを空けられ、中央までの道筋を踊りながら移動していた。

この国ではダンスの上手なペアこそ誰からも見えるところで踊るのが望ましいという考えが根付いている。

周囲からダンス上手だと認められたのは嬉しいが、いつしか踊り手が減り、現在踊っているのはかなりの実力者ばかりだという事実に、クロエは焦る。

自分の事をそれほど上手だと思ったことがないクロエだったが、ヴァルフレートのエスコートが上手なため、実力以上の力を発揮したに過ぎないのだ。

「ヴァルはどうしてこんなにダンスが上手いの？　まるで羽が生えたみたいに踊れているわ！」

「それはクロエが天使だからじゃないか？」

とんでもなく甘いことを囁かれたと思ったら、クロエの身体が高く持ち上げられた。

「きゃあ！」

クロエの悲鳴と観客の歓声が会場に響いた。

リフトされたままクルクルとターンするヴァルフレートに拍手が沸き起こる。

「驚いた……！　持ち上げるならそう言ってよ」

「ふふふ、軽いから別にいいかと思って」

通常リフトはする側とされる側の息をぴったりと合わせて行うものだ。

それをヴァルフレートは自分の膂力《りょりょく》だけでやってのけたのだから、規格外と言えるだろう。

「もう、腕を痛めたらどうするの！」

クロエは便宜上不満を表して頬を膨らませるが、ヴァルフレートがいつもよりも身近に感じられて口許が綻びそうになる。

「悪かった、もうしない」

「え、してよ！　許可さえ取ればいいの！」

慌てて抗弁するクロエに、ヴァルフレートは目を瞬かせると、堪えきれないというように笑った。

終始なごやかな雰囲気のままダンスが終了する。

自然とふたりに対して拍手が湧いたので、それに軽く会釈を返していると声が掛けられた。

「随分と派手な意思表示だ」

初めてのダンスをやってのけたという達成感で火照る頬を押さえていたクロエは、声のほうに顔を向けた。

「そんなんじゃない。舞踏会は踊るものだろう？」

砕けた調子でそれに応じたヴァルフレートは、目を眇める。

話しかけてきたのはヴァルの知り合いらしく、従者を控えさせた貴公子は、口許に育ちの良さそうな笑みを浮かべ、真っ赤な薔薇飾りが目を引く派手な仮面をつけている。

仮面をしていても隠し切れない美貌と気品は、相当高貴な人物だと思わせるのに十分だった。

(まあ……！　なんて雰囲気のある方。ヴァルと並んでも見劣りしないどころか互いを高め合っているような――もしかして恩人だという他国の？)

少し会話を聞いただけでもユルゲンとは違う意味で理解し合っているような気配を感じる。

「お前は本当に素直じゃないいな。初めまして美しいお嬢さん。私とも踊ってくれるかな？」

「あ、初めまして……あの」

名乗ろうとして今夜は無礼講の仮面舞踏会であることを思い出す。

ヴァルフレートの友人であれば正式に名乗って挨拶をしたいところだが、仮面舞踏会の性質上失礼に当たるのかも知れない。

(どうしよう、ヴァルのお知り合いならダンスのお相手したほうがいいのかしら……でも、ヴァルと踊った余韻をまだ感じていたい)

躊躇《ためら》っていると、ヴァルフレートがクロエの手を取った。

「駄目だ。この娘は私としか踊らない」

「わあお、すでに酷い独占欲だ」

貴公子は気を悪くした様子もなく笑う。

「しかし大丈夫なのか？　国王の列席する場に連れて来て」

意味深に唇を歪めた貴公子は瞼を伏せて玉座に視線を送る。

そこに国王はいないが、不遜なことを考えているのだろうということはわかった。

「覚悟のない者など、恐るるに足らぬ」

それは誰を指した言葉なのか思いついたが「まさか」と断じ視線を彷徨わせる。

(もしも現王の治世に不満があるとしても、あまりに不敬ではないかしら？　それともヴァルは陛下となにか確執が？)

ともかく誰が聞いているかもわからないこの場で滅多《めった》なことを口にするのはよろしくないと考えたクロエは、そっとヴァルフレートの袖を引いた。

「ヴァル……」

それを見た貴公子は相好を崩し顎に手を当てた。

「なるほど。ヴァルの一方通行ではないのか。ならば私は邪魔者か」

貴公子はおどけたように目を見開くと「また後でな」とヴァルフレートの肩を叩き機嫌よく去っていった。

「ヴァル、いいの？　あの方なのでしょう、お友達って」

クロエがヴァルフレートに尋ねるが、彼はそよ風が吹いたように澄ました顔をしている。

「いいんだ。あいつも俺の隣にクロエがいてくれることを喜んでくれている」

仮面姿の給仕からグラスを受け取ると、ヴァルフレートはクロエに差し出す。

「この酒は軽くて旨《うま》い。ミルクに垂らした数滴のブランデーよりも君向けだ」

「あら、わたしはお酒が飲めないわけじゃないわよ！」

しかしヴァルがそこまで言う飲み物がどんなものかと好奇心が湧いてきて、クロエは渡されたグラスをじっと見つめる。

細かい泡がゆらゆらと揺蕩《たゆた》う液体は、とろりとした質感がいかにもおいしそうに光を反射している。

「……いただきます」

口をつけた瞬間、クロエの口の中でパチパチ弾けて、柑橘《かんきつ》の爽やかさと酸味が駆け抜ける。のど越しがとても良い。

「お、美味しい……っ」

飲み過ぎない程度にちびちび飲みながら、ヴァルフレートは王城のパーティーで出てくるカクテルにどうして詳しいのだろうと考えていた。

その後またヴァルフレートとダンスを踊った。

再びクロエにダンスを申し込んでくる男性が現れたが、それらはヴァルフレートが一睨みで撃退した。

同じ相手と何度も踊るのは結婚の約束をしているなら許される。

(でも、ここまで鉄壁なんて……この調子ならもしかしたらお父様やエミーとも踊れないかもしれないわね……)

ヴァルフレートがそこまで自分に執着してくれるのは嬉しいのだが、それがどうしてなのか、クロエにはいまいちよくわからない。

だが、ヴァルフレートから向けられる気持ちに嘘はないことを、クロエはしっかりと感じ取っている。

ヴァルから感じる視線の熱っぽさが、すべてを物語っていた。

（よくわからないけれど……愛が深まっているという事よね？）

ゆっくりとしたテンポのダンスで密着していると、ヴァルフレートとの境界線が曖昧になるような感覚を覚える。

ヴァルフレートのような人にはきっともう逢えないという気持ちが確信のようにクロエの中に育っているのがわかった。

三度目のダンスが終わったとき、人を掻《か》き分けて近付いてくる者がいた。

仮面をしていてもわかるほどに不機嫌な様子のエミーディオだ。

「姉上！」

「まあ、エミー。お仕事ご苦労様」

「クロエ、一応仮面舞踏会だから正体がバレるようなことは言わないほうがいい」

さっと自然な動きでクロエの腰を抱きながら、ヴァルフレートは腰をかがめて耳元に囁くようにして密着する。

「声を掛けただけで、どうして姉がいちゃついているところを見なければいけないのか……！」

理不尽、と歯軋《はぎし》りをするエミーディオにクロエはコロコロと笑う。

「ふふっ、おかしなエミー。あなたは踊らないの？　お仕事中だと無理？」

クロエは誰か意中の女性はいないのかという意味で言ったのだが、エミーディオはそうは思わなかったようだ。

「踊りたいけれど……無理ですね」

仮面の奥からギロリと鋭い瞳でヴァルフレートを睨みつけたエミーディオは不完全燃焼感を前面に押し出しながらも、ギリギリ騎士らしく振る舞っていた。

その後挨拶を終えたベネヴィート伯爵夫妻も合流し、そこそこ和やかな雰囲気で時が過ぎ宴もたけなわという雰囲気になってきた。

仮面舞踏会ということもあり、主催である国王から開始の挨拶はなかったが、このタイミングで国王からの挨拶があるらしい。

クロエはどこかピリピリとした緊張感がみなぎるのを感じ取りながらヴァルフレートの隣で大人しくしていた。

やがてざわめきが少なくなり、グラスを手にした国王が王妃を伴って現れた。

目が眩《くら》むかと思うほどに贅《ぜい》を尽くした衣裳は、過多と言わざるを得ない。

代々継承してきた由緒ある王冠が霞《かす》んでしまうほどにギラギラとした装飾を身に着けた姿に、クロエは胸焼けを感じて胸を押さえた。

「みな、存分に楽しんだか」

杯を掲げて鷹揚《おうよう》に笑みを浮かべる国王アドリアンにちらほらと拍手が起きる。

そのあまりのちらほら感にクロエは危機感を覚えたが、多くは目礼を返したようで、王は特に気分を害した様子はなく、言葉を続ける。

「このように私の威容を広く世に知らしめるための機会は、もっと多くあるべきだと考えているのだがなかなか事情が許さず、みなには申し訳なく思っている」

文官や貴族院の貴族らが一様に感情を表すのを抑えているような微妙な空気が垣間見《かいまみ》え、クロエは唇を噛む。

(やはり国王様はあまり好かれていないご様子ね……)

国王の浪費癖にはみな手を焼いているということは、父親から聞かずとも耳に入ってくる。

アドリアン国王に対する不満はまるで挨拶のようにどこででも交わされているからだ。

そしてみな、最後はこうして話を結ぶ。

『セシリオ殿下がご存命なら』

国王アドリアンの兄にして、王になる前に逝去した今は亡き王太子。

妃との間に男子を儲《もう》けていて、人望が厚く良き王になるだろうと思われていたが即位の直前に火事で亡くなってしまった悲劇の殿下。

弟であるアドリアン国王とはあまり仲が良くなかったらしく、国王は未《いま》だにセシリオのことが話題に上ることを好まないという。

「だが、これからは」

思考に耽っていたクロエはハッと顔を上げる。

国王の挨拶の途中でぼうっとするなど失礼極まりない。

「私の素晴らしい治世を崇《あが》め、アレンブラウに私の直系子孫が千年続く王国を築くため、礎となる貴族そしてその手足となる民草を管理していかなければならない」

王の言葉に聴衆がざわめく。

なにやら話の雲行きが怪しい。

「まずは税を上げて民の贅沢《ぜいたく》を禁止する。あれこれ言い訳をする輩に猶予を与えてはならない。情を掛ければきりがない。これまで以上に私の意思を強く反映した政策を打ち出し、他国に強烈に私の存在を知らしめねばならない」

アドリアン王はまるで夢の中のように陶酔していた。

隣で柔らかな笑みを湛えていた王妃の顔が強張ったのが、離れた場所からでもわかった。

側近たちの動きが慌ただしくなり、なにやら王に合図を送っているが、自分の世界に浸っている王にそれは届かない。

慌てるのも仕方がないことだろう。

特に税については国王が勝手に上げ下げしていい問題ではない。

土地の領主たる貴族を抜きにして進めていい話ではないのだ。

今夜の舞踏会は仮面舞踏会とはいえ、ほとんどの貴族が参加しているだろう。

その中には親国王派もいれば反国王派もいる。

会場の空気が不穏なのも仕方のないことだ。

クロエは自国の国王の愚かしい行動に初めて触れ、驚きと恐れを感じた。

畏れではなく、単純に恐ろしかった。

（これほどまでに自分の欲望を垂れ流せるものなの……？）

これ以上のことはないだろうと思っていたが、興が乗ったらしいアドリアン王の演説は続く。

「この国は私が道を示さねば立ち行かないことはみなも承知しておるだろう。先王ヴァリオの正統な跡継ぎであるこの私が……」

病で亡くなった先の王――アドリアンにとっては父王となるヴァリオについて言葉が及ぶと周囲のざわめきは大きくなった。

元々兄のセシリオが王位を継ぐ予定で王太子だったことは周知の事実。

それを無視して自分が正当な跡継ぎだとするのは先王や亡き王太子を軽んじることにもつながってしまう。

まさかそんな初歩的なことがわからないわけではないだろうに、と眉を顰めそうになったクロエだったが、すぐ近くから怒声が飛んだ。

「正統などと、貴様が口にしていいことではない！」

怒りを多く含んだ、空気を激しく震わす声だった。

驚いてそちらに顔を向けると、ヴァルフレートが見たこともない恐ろしい表情で国王を見据えていた。

仮面の奥のグレーの瞳に怒りが激しく燃え盛っている。

その虹彩にいつかと同じような炎が見えた気がしてハッと息を呑む。

クロエはそれが『王胎』と同じおとぎ話の中に出てきたものだと気付く。

王胎から生まれた子供が瞳の虹彩に炎を宿していたことは、王胎と同じく幼い頃からクロエの耳に馴染んだものだったのに。

「……ヴァル？」

クロエが名前を呼んでも反応しない。

「いけません、ヴァル様……！」

控えていたユルゲンが現れて、隠すようにヴァルフレートの前に立つ。

しかしヴァルフレートは止まらなかった。

更に激しく怒りを燃え上がらせる。

「九年前のことを忘れたのか！　お前がどんなに惨《むご》いことをしたのか覚えていないとでも？」

「ヴァル様！」

「ヴァル……『様』？」

ユルゲンがヴァルフレートを呼ぶのに違和感を覚えたクロエが小さく呟くと、後ろからそっと肘を引かれた。

「クロエ、少しこちらにおいで」

「お父様、どうして……」

クロエは父に手を引かれて母と弟の間に収まってしまう。

その前を父の背中が塞いだ。

まるでクロエを隠そうとしているような動きに、なにかとんでもないことが起きようとしているのではないかと胸が痛くなるほど動悸がする。

父の背中の向こうのヴァルフレートを見ようとして、クロエは目を疑った。

さっきまで自分がいたところ……ヴァルフレートの周囲には彼を取り囲むように仮面姿の貴族たちが集まってきていた。

「どういうことなの……」

呆然と呟いたクロエに、ヘイディが囁く。

「あなたの恋人……ヴァル様は普通の御方《おかた》ではないの」

母親の声が少し寂しそうに聞こえて、クロエは不安になる。

なにを言っているの？　ヴァルはヴァルなのに。

そう言いたくても、声が喉の奥で引っかかってしまって出てこない。

「丸腰の王太子セシリオとその妃ダフネに睡眠薬を盛ったうえで惨殺し、その息子をも切りつけ、挙句の果てに証拠隠滅のために王城に火を放って逃げた卑怯者《ひきょうもの》め！　貴様に国を語る資格など無い！」

血を吐くような声にクロエが反応する。

「え、それって……」

以前ヴァルから聞いた家族と同じ……そう思った瞬間、全身がゾワリと粟立つ。

「なにを言うか、無礼者め！　なんの証拠があってそのような世迷言《よまいごと》を……なにをしている、あの者を捕らえろ！」

アドリアン王が命じる固い声に即座に反応したのは、ごく一部の騎士だけだった。

大半は疑念が渦巻いているのか、混乱した顔つきをしている。

「すぐ証拠を出せと言うのは犯人と相場が決まっているが……いいだろう。今の話が虚言ではない証拠は、私がその場にいたからだ」

ヴァルフレートの声は広い会場に響き渡る。

「あ、背中の傷と、火傷の痕……っ」

思わずクロエは叫んだ。

その声は広いホールに響き渡り注目を集めたが、深く思考しているクロエは気付かない。

かなりの古傷なのに消えずに残っているほどの瘢痕。

相当酷い怪我だったのだと思っていたあれはそういう事情でできたものなのか。

そう思った瞬間、クロエの中で点が線になった。

会場中の視線がヴァルフレートに集まっている。

もちろんクロエも視線を逸らすことなどできない。

ヴァルフレートは手を後頭部に回して仮面を固定していた紐を引いた。

顔の半分を隠していた仮面の下から、クロエがよく見知った顔が現れる。

その瞳は強い意志を宿し、元々グレーの瞳が、炎のような虹彩に彩られていた。

『王胎』と同じように語り継がれている、アレンブラウ王家の特徴ともいえる特別な瞳だ。

「私はヴァルフレート・ノル・アレンブラウ。お前が殺し損ねた、お前の甥だ」

第五章　王を孕《はら》めと言われましても

「なんだと……っ、馬鹿な、ヴァルフレートはあのとき死……っ」

アドリアン王はわかりやすく動揺して言葉を詰まらせる。

本当なら即座に否定したかったのだろうが、仮面を外したヴァルフレートの面差しが、自分の兄と似ていたのだろう。

――自分が殺した、兄に。

なによりアレンブラウの王族にのみ現れる特殊な虹彩《こうさい》は誤魔化《ごまか》しようがなかった。

動揺して震えるアドリアンと、数多《あまた》の視線を受け止めなお堂々としているヴァルフレートは対照的に周囲に映った。

そのわずかな時間で会場の貴族たちはヴァルフレートが本当に国王の甥《おい》だと確信を得たらしい。

少しでもヴァルフレートの近くに侍《はべ》り守ろうとする者が、アドリアンの近衛騎士たちと睨《にら》み合いになった。

ヨーセフの他にもたくさんの反王派の貴族がヴァルフレートを守るように立つ。

その中には議会でもっとも強い発言力を持つと言われるメリオルト公爵の姿もある。

「私に忠義を捧《ささ》げる騎士たちよ、不届き者を拘束しろ！」

命じられた騎士たちはヴァルフレートを捕まえようと前に進み出るが、アドリアンと違い覇気を漲《みなぎ》らせるヴァルフレートに接し、今にも跪《ひざまず》きそうな頼りない顔をした。

「アレンブラウの賢明な騎士たちよ。私は命令しない。己が見て、聞いて、体験したことで判断するのだ。誰に阿《おもね》ることもしなくていい」

「……っ！」

ヴァルフレートの言葉に、最前列にいた騎士が跪いて首を垂れる。

それは王に忠誠を誓う姿だ。

彼を皮切りに、騎士たちは揃《そろ》って跪いてしまい、もう誰もヴァルフレートを捕まえようなどと考えていないように見えた。

それほどに今のヴァルフレートは近寄りがたい高貴な雰囲気に満ちている。

（わたしの知らない人みたいで、ちょっと寂しいわ……）

クロエはしわになるのも構わずドレスのスカートを強く掴《つか》んで唇を引き結んだ。

自らが劣勢に置かれていると気付いたアドリアンが往生際悪くあれこれと喚《わめ》いていたが、とある人物の登場でその口を噤《つぐ》まざるを得なくなった。

先ほどヴァルフレートと気安く言葉を交わした貴公子、隣国ルグオレアの王子、アルフォンスである。

彼は正式に賓客として招待されていたらしく、ヴァルフレートと同じように仮面を取るとアドリアン王は慌てた様にまくし立てる。

「あ、あぁ……、違うのですアルフォンス殿、これは余興のようなもので、真実ではなく……っ」

この期に及んでまだなんとか誤魔化せると思っているらしく、汗をかきながら弁明する。

だが、アルフォンスとて愚かではない。皮肉な笑みを浮かべて目を細めた。

「アドリアン王、あなたは上手《うま》くやったつもりだっただろうが、悪事は我が国にまで筒抜けでしたよ」

「な……っ」

ここで動揺するのはその『悪事』とやらを肯定することになるというのに、アドリアンはそれにすら気付いていないのかもしれない。

親王派と呼ばれる貴族たちの中にも動揺が広がる。

このままアドリアン王の側についていて、果たしていいのだろうか。

もしかしてこの船は泥船なのではないか。

周囲の様子を忙《せわ》しなく窺《うかが》い、落ち着かない者の姿がちらほら見える。

「な、なにを仰《おっしゃ》るのです。アレンブラウとルグオレアはずっと良き隣人であったではないですか。盟友である私を信じず、その本物とも知れぬ不届き者の言葉を信じるというのですか？」

アドリアンの声はアルフォンスにまったく響いていないらしい。

麗しい隣国の王子は、ヴァルフレートと話していたときとは別人のような冷笑を浮かべると顎を上げ睥睨《へいげい》する。

「なんと、おかしなことをおっしゃいますなあ？　私は別にヴァルフレートの言葉を信じたわけではありません。この王城の様子は『目』を通じて知っておりましたゆえ」

直接的に言わないが、この『目』というのは密偵のことだ。

友好関係にあるとはいえ、その国の内情を知ることは争いごとを避けるうえで重要であることは常識である。

「それに私の認識では、ルグオレアはあなた個人と盟友関係にあった事実はない」

アルフォンスの言葉は、暗にアドリアンを王と認めていないような温度があった。

それを感じられるくらいの神経は持ち合わせていたらしいアドリアンの顔が醜く歪《ゆが》む。

そのような表情をすればまた外交的に良くないとも理解できないのだろう。

ただ一人隣にいる王妃が気遣うようにアドリアンに寄り添っている。

「優秀な私の『目』はあなたの不正と弑逆の証拠、そして怪我《けが》を負ったヴァルフレートを持ち帰った。ルグオレアがあなたを野放しにしていたのは、偏《ひとえ》にアレンブラウの混乱を避けるため。頭のない蛇は火の中に飛び込むと言うからね」

「な……、ということは……つまりヴァルフレートは今までルグオレアに？」

ようやく話に理解が追いついてきたのだろう。アドリアンは目を見開いてヴァルフレートを見ている。

「……ユルゲンとルグオレアの密偵に助けられた私は重傷で、とても将来のことまで考えが及ばぬ子供だった。心の中は父と母を殺された憎しみでいっぱいだった」

傷を癒《いや》すのにも時間がかかったが、心を癒やすのにはさらに時間が必要だった……いや、まだ完全には癒されていないだろう。

アレンブラウ国内が、新王の適当な政治のせいで混乱しているのを聞いても民を助けようという気持ちよりも、ただただアドリアンが憎かった。

「だが傷を治し、身体を鍛え直すうち、気持ちがアレンブラウの民に向いていくことを自覚した。いつまでも民を苦しませるわけにはいかない、もっと民に寄り添わなければ。甘い蜜が吸いたいだけの貴族は愚王に追従して、自浄作用が機能しなかったしな」

辛辣なヴァルフレートの言葉に心当たりのある貴族がサッと視線を逸《そ》らした。

「だ、だが私が正当な後継者だという事実は変わらない！　兄セシリオよりも私は優れていた！　王の器だったのだから！　ましてや甥のヴァルフレートはまだ子供だった！」

先王ヴァリオの後継者は亡き王太子セシリオと決まっていた。

セシリオが即位する時点でアドリアンは王位継承権が二位から一位に繰り上がるはずだったが、病床にあったヴァリオは孫にあたるヴァルフレートに継承権第一位を与えるよう言葉を残した。

ヴァリオにとってそれは苦渋の決断だったろうが、王として譲れない選択だったのだろうことは想像に難くない。

ヴァルフレートはきつく唇を噛《か》みしめる。

「九年前の事件の発端もそれだったな。だが、祖父も当時の議会も私のことを正式に次の王太子として発表することを認めていたのに、頑《かたく》なに反対していたのはお前とごく一部の貴族だけだった」

ザワ、と会場中が動揺した。

愚かなアドリアンのほうが御しやすいと踏んだ貴族に持ち上げられたアドリアンが、己の能力を過信したうえの暴走だったのだろう。

声高にヴァルフレートを立太子することをアドリアンは反対した。

納得できる理由もなく、ただ闇雲に反対だとだけ騒ぎ立てるアドリアンにヴァリオ王は不快感を示し、もはやアドリアンの意見など聞かずともよいと腹を立てた。

己の子供が可愛《かわい》くなかったわけではない。

これ以上愚かな行いをするアドリアンを見ていられなかったのだ。

セシリオは根気強く弟への説得を重ね理解を求めたが、アドリアンは聞く耳を持たなかった。

なにが彼をこのように頑なにするのか、わからないわけではなかったのだろう。

アドリアンは人一倍プライドが高かった。

兄だろうと年長者だろうと、自分が一番でなくては我慢ができないという幼い面を持っていた。

誰もが第一王子である兄を立て、自分は文字通り二の次になってしまうことに強い不満を持ち続けていた。

いいことではないが、アドリアンの気持ちもわかるため、周囲はいずれ落ち着くだろうと態度を許容していた。

闘病の末ヴァリオが没し即位の儀が近付くと、再びアドリアンは王位を主張し始めた。

理解してくれていたと思っていたが、アドリアンの中で鬱屈は凝縮され練り上げられていた。

どうして自分だけが国王という称号を与えられないのかと日々恨みに思っていたのだ。

なにひとつ兄に劣ることがない自分が、どうして。

更に自分を差し置いて兄の子供が立太子されるという屈辱に身を焼かれていた。

彼の心は常に兄への嫉妬で満たされている。

しかし周囲の共通認識として、能力的にも性格的にもアドリアンが王としての適性を持っていると胸を張って言える者はいなかった。

僅かな反王派の貴族が、御しやすい傀儡《かいらい》としてセシリオよりもアドリアンの即位を望んでいたに過ぎない。

父王の死はアドリアンにとって契機だった。

己の価値を認めさせるための契機。

だが決定は覆らずに立太子されることになったのは十五歳になったばかりのヴァルフレート。

「なぜだ、どうして私ではなくヴァルフレートが王太子なのだ！」

アドリアンは頑是《がんぜ》ない幼子のように大声を出し暴れた。

「……アドリアン、これは議会でも承認されていることだ。私はこれまでなんとかお前が自ら目を覚ますのではないかと期待していた……だが、間違いだったようだ」

セシリオは深いため息をつく。

王の顔をしたセシリオは後悔で暗く沈んでおり、彼の苦悩の深さを表していた。

その場にいた誰もがセシリオの気持ちを理解していた――アドリアン以外は。

「ふざけるな……ふざけるな！　私は間違っていない、私の価値を真にわかっていない愚か者はお前たちのほうだ……私は、第二王子で甘んじる器ではない！」

心の中の澱《おり》をぶちまけたアドリアンは、憑《つ》き物《もの》が落ちたように大人しくなった。

燃え尽きたのかと心配をしていたが、そうではなかったのだ。

己を担ぎ上げる貴族の甘言に乗り、恐ろしい計画を立てそれを粛々と実行した。


なにもできなかった昔の情けない自分を思い出し、ヴァルフレートは眉間にしわを寄せ苦痛に耐える。

「……王とは、国を自由にできる者のことではない。国のために首を落とされる覚悟を持つ者のことだ。私はその覚悟をするまで九年という時間を費やした。お前はどうだ、アドリアン」

最早《もはや》敬称をつけることもなく、ヴァルフレートはまっすぐに叔父を射る。

真摯な視線にビクリと身体を強張《こわば》らせたアドリアンには、王の威厳はひとかけらも感じられない。

周囲の視線から僅かに感じられた王に対する敬いのようなものがそっくりと消えたのを感じたのだろう。

王太子であり、兄でもあったセシリオを弑逆した罪。

義姉を殺害し甥を殺害しようとした罪。

そして国庫を我が物のように占有し使い込んだ横領の罪。

その他、叩《たた》けば埃《ほこり》はいくらでも出るだろう。

何も言い返せず立ち尽くすアドリアンを、ヴァルフレートは憐《あわ》れみの籠った目で見据える。

「覚悟もなく手を出すのは止めろ。沙汰は議会に諮《はか》って追って知らせる。それまで捕らえて閉じ込めておくように」

ヴァルフレートの言葉は既に王としての力を持っていた。

近衛騎士たちがアドリアンよりもヴァルフレートの言葉に従ったのが何よりの証となるだろう。

「あの頼りなかったヴァルが、こんなに立派になるとは。友として感慨深いぞ」

アルフォンスが軽口を叩くと、ヴァルフレートは片眉を吊《つ》り上《あ》げて唇を引き結んだ。

詳細は翌日の議会で話し合うこととし、王が捕らえられるというとんでもない仮面舞踏会はお開きとなった。

「……」

あまりの情報量で今夜のことを消化しきれずに俯《うつむ》いていたクロエに、ヴァルフレートが小走りで近寄ってきた。

どんな顔をしたらいいのかわからずに、クロエは眉を下げる。

「クロエ、こんなことになってしまってすまない」

「……あなたのこと、なんて呼んだらいいのかしら」

気軽にヴァルと呼ぶことも躊躇《ためら》われ、クロエは便宜上『あなた』と呼んだ。

ヴァルフレートは難しい顔をしたあと、クロエの手を取って頬《ほお》に宛てる。

「俺はヴァルだよ。なにも変わらない」

「変わるわ。まさか、本当に王族だなんて」

修道院でのあの夜、ヴァルフレートがクロエに言った「もし自分が王族だったらどうする？」という質問をうすぼんやりと思い出していた。

（あれはもしもの話ではなく、本当のことだったんだわ。でも、まさか本当の王子様だなんて思うわけないじゃない……！）

いろんな感情が溢《あふ》れだしたクロエは、なぜだか涙腺が緩《ゆる》んでしまった。

自分でもどうしてかわからなかったが、きっと感情の容量を超えてしまったのだろう。

ペールグリーンの瞳がウルウルと涙を湛《たた》え、下瞼ギリギリで耐えているのを認めたヴァルフレートは慌ててハンカチで涙を拭う。

「すまない、泣かせるつもりはなかった。明日の午後、王城に来てくれないか。話をしよう」

ヴァルフレートは今や注目の的である。

彼の後ろには有力貴族らが彼の一挙手一投足を窺っているのがわかった。

いつものように気軽に抱きついたり腕を組んだりできるわけがない。

「わかったわ……では、明日ね」

口角を上げて目を細めると、ヴァルフレートはホッとした顔をしてクロエから離れた。

屋敷に向かう馬車に乗せられると、クロエは無言になる。

考えることがあり過ぎたが、疲労がひどく、身体が重かった。

「今考えてもきっといい結果を生みはしないだろうから」

ヨーセフはそう言って、妻に後を託しクロエを早く休ませるよう指示した。


招待客が帰った後の王城ではアドリアン王は捕らえられ、厳重な監視の元これまでに犯した罪を調べられることとなった。

それに伴って、ヴァルフレートが暫定的な責任者に推挙されるが本人は首を振る。

「正式に王族と認められたわけではないし、この件に関しては関係者として私見が入り公平ではない恐れがある」

そう言って辞退しようとしたが、重鎮であるメリオルト公爵がその場で承認してしまった。

「王家のみに表れるその炎の虹彩と、セシリオ様に瓜二つ《うりふた》の顔で王族ではないなどと、どの口が言うのか？　それにそれを話題にすることこそ公平だと愚考いたします」

「……職権乱用だ」

「おやおや、こんな忠臣を前にしてなんて言い草でしょう」

ヴァルフレートが苦い顔をしたがメリオルト公爵は涼しい顔をしている。

しかし懸念もさることながら、ヴァルフレートの他に適当な人物がいないことも事実。

一つ咳払《せきばら》いをするとヴァルフレートは言葉を選びながら集まった貴族たちに告げる。

「これまでよくアレンブラウを支えてくれた。政に携わってこなかった私が舵取《かじと》り役では不安も不満もあるだろうが、当面の間よろしく頼む」

王族がこうも臣下に心を砕き、あまつさえ『頼む』と宣《のたま》ったことは、集まった貴族たちにとって久々の感覚を思い起こさせた。

アドリアンが王だった九年間はありえなかったが、その前のヴァリオ王の治世ではままあったことである。

褒められるためにやっているわけではないが、声を掛けられることで生まれるものも存在する。

アドリアンに与《くみ》していた一部の貴族を除いて、ヴァルフレートは歓迎された。

翌日、前の晩なかなか寝付けなかったクロエは、顔色が優れないことを心配されながらヨーセフと馬車で王城に到着した。

城内はまだ混乱していたが、クロエが来ることはしっかりと周知されていたようで、すぐに応接間に通される。

しばらく待っていると、少し険しい顔をしたヴァルフレートがやってきた。

その後ろには珍しく真面目な顔をしたユルゲンが従っているのがなんだか可笑《おか》しい。

「ヴァル……、フレート殿下」

「なんだその中途半端な呼び方は」

呆《あき》れたように片眉を吊り上げたヴァルフレートだったが、すぐに口角を上げる。

先ほどの気を張った表情が解《ほぐ》れたようでクロエは内心ほっとした。

「だって、わたしはヴァルだと思っていたけれど、実はヴァルフレート殿下だったなんて……まだ気持ちの整理がついていないわ」

正直な気持ちを伝え、横を向いて頬を膨らませると隣に座ったヨーセフが小声で叱る。

「こらっ、クロエ……お前殿下になんてことを……！」

焦りを顔に張り付けたヨーセフにヴァルフレートはかまわないというように手を振る。

「偽名を名乗ったのはこちらなのだから、そこから謝罪しなければならなかったな」

そう言うと、ヴァルフレートは潔く頭を下げた。

「クロエ、俺の都合で黙っていて悪かった。だが、俺は死んだことになっていたし、アドリアンのことを考えれば正体を明かすのは難しかった……だが、クロエにだけは真実を伝えるべきだった」

すまなかったと頭を下げたヴァルフレートの襟元から僅かに首が見えて、クロエはゾクリとした。

昨夜のヴァルフレートの言葉を思い出したのだ。

『王とは、国を自由にできる者のことではない。国のために首を落とされる覚悟を持つ者のことだ』

その覚悟を、ヴァルフレートはしているということだ。

(王としては素晴らしい覚悟なのだろうけど……わたしはそんなこと考えたくもない)

納得していながら、クロエは割り切れない気持ちを抱えている。

クロエの心の中では、ヴァルフレートは自分だけのものなのにと考えてしまっているのだ。

(こんな我儘《わがまま》、誰にも言えない……っ)

唇を強く引き結び、クロエは眉根を寄せる。

これからヴァルフレートは、否応《いやおう》なく政に巻き込まれていくだろう……いや、彼は実質もう国王なのかもしれない。

そうなれば自分は身を引くしかないだろう。

身体を重ねたとはいえ、それは身分を知らぬ間柄のときで。

子を宿したわけでもないし、結婚だって口約束だ。

そもそもヴァルフレートは伯爵令嬢に頭を下げることなど、あってはならない貴い身なのだ。

「勿体《もったい》ないことでございます……どうぞ頭をお上げください」

礼儀を弁《わきま》えた態度でそう言うと、ヴァルフレートがものすごい勢いで顔を上げ、目を見開く。

「やはり……許してはもらえないのか」

「いえ、そうではなく……」

これが国王に対する臣下の正しい態度なのだと説明しようとしたが、ヴァルフレートは思い詰めたような顔をする。

「これは由々《ゆゆ》しき事態だ……早々に退位を……いや、そもそも即位しないほうが……」

「殿下、落ち着いてください」

後ろからユルゲンが呆れたように口を挟む。

「まだしっかりとヴァルフレート殿下として求婚していないのが問題なのですよ。しっかりなさってください」

その発言に驚いたのはヨーセフだ。

思わず立ち上がって「求婚するつもりがおありなのですか！」と大声を上げる。

「お父様、落ち着いてください……そんなわけな……」

そんなわけないと袖を引くクロエに、ヨーセフは大仰な仕草で振り返ると顔を近付けた。

「そんなわけなくない！　お前は私の大事な娘だ。たとえ王族といえど、ないがしろにされる謂《いわ》れはひとつもない。求婚くらいはきっちりしていただかねば納得できないではないか！」

クロエに対する父性が爆発してしまったのか、ヨーセフは声を荒らげたが、ヴァルフレートの前だと思い出したのかサッと顔を青褪めさせる。

「あ、いや……殿下の前でとんだ失礼を……」

手にしたハンカチで額の汗を拭うと口を引き結ぶ。

自分が口を出したら余計拗《こじ》れてしまうと悟ったのかもしれない。

「……ベネヴィート伯爵、そういえばメリオルト公爵があなたを呼んでいたような気がします」

ユルゲンの言葉にヨーセフは助かったというように顔を明るくした。

「お、おお……そうでしたか！　公爵閣下をお待たせするわけにはいきませんな！　殿下、少し席を外してもよろしいでしょうか……」

「構わない。クロエの安全は私が保証しよう」

ユルゲンに案内される形で、ヨーセフが離席すると、ヴァルフレートはおもむろに椅子から腰を上げ、そしてクロエの隣に座った。

「ヴァ、ヴァル……フレート様……」

「ヴァルでいい……ああ、他の者がいる時はヴァルフレートと呼んで構わないから、二人だけのときはどうか」

手を握られ熱い視線で懇願されると、クロエには振《ふ》り解《ほど》くことができない。

本当はもっと密接な触れ合いを望んでいるのだから、仕方ないだろう。

「ヴァル……わたしとても不安なの」

「どんなところが？」

ヴァルの声はクロエの身体に染み渡るように全身を包む。

隣にヴァルフレートがいる体温が心地よい。

さっきまでの後ろ向きの考えが空気に解けていくような気持ちになる。

「ヴァルが、本当に王族だったなんて……わたしなんてとても釣り合わない」

国王のパートナーにはもっと高位の貴族令嬢が望ましいだろう。

もしくは、他国の王族が候補の場合もある。

特にヴァルフレートがこの九年を過ごしていた隣国には、年頃の高位貴族令嬢もたくさんいたに違いない。見目麗しく有能なヴァルフレートは、令嬢たちの注目の的だったことだろう。

その中の誰かとわりない仲になったことも考えられる。

（伯爵令嬢が駄目ではないだろうけれど……わたしは王都にいたわけでも……社交をしていたわけでもないから、どう考えても規格外なのよ）

修道院で過ごしていた十年が無駄だとは言わないが、国王となるであろうヴァルフレートの相手役としてはいかにも物足りない。

自分だってそう思うのだから、他の貴族が思わないわけがない。

譲位ではない方法で国王が変わるのは、国が不安定になる。

今回はアドリアンが譲位するとは思えないため、アドリアンから王位剥奪の上、議会の承認で即位となるだろう。

それに後継者問題もある。

アドリアンと王妃マルグリットの間には、セドリックという男子がいる。

幼年のため立太子していないとはいえ、このまま行けばセドリックが後継者となるはずだったわけだ。

それをヴァルフレートに変更するための調整がこれから行われるのだろうが、取り巻きであるアドリアン派の貴族が素直に受け入れるとは思えない。

事をスムーズに運ぶには、なにか象徴的なことが必要になる。

（お父様には悪いけれど……わたしにはそれがない）

未《いま》だに整理がつかないため上手く説明ができなかったが、それでもクロエは今の気持ちを素直にヴァルフレートに伝えた。

「ヴァルの首を落としたくない。ずっと健やかでいてほしいから……あなたが一番幸せになれる人と一緒になってほしい」

本当はその場所にいるのは自分でありたかったと、心の底から思う。

ジワリと視界が歪んで、涙が零《こぼ》れると思ったクロエが慌てて俯くと、その額に唇が触れたのを感じた。

「クロエ、そろそろ自分の価値に気付いたらどうなんだ」

「……ヴァル？」

驚きに顔を上げると、その衝撃でクロエのペールグリーンの瞳から涙が零れた。

それを指で拭ったヴァルフレートはクロエの頬に手を添える。

「俺はクロエといるときが一番幸せだ。クロエ以外はいらない。それにクロエだって俺が王族だから、王になりそうだから好きなわけではないだろう？」

頬をムニムニと緩く揉《も》みながら言うヴァルフレートの瞳は愛《いと》しいものを見るように満足げに細められていて、クロエは瞬時に顔が熱くなるのを感じた。

「そ、そうよ……ヴァルだから好きなの……だから、本当は王様にならないでほしい……わたしだけのヴァルでいてほしいの……でもそんなこと願ってはいけないってわかっているから……心が千切れてしまいそうで苦しい……っ」

これから国を導く使命があるヴァルフレートに対して口にしていい言葉ではないことは、もちろんクロエだって理解している。

己の心情を嘘《うそ》偽りなく述べると、自分はこんなにも利己的だ。

ヴァルが許してくれても他の誰もが許さないだろう。

こんなにあけすけに自分の心情を吐露してしまったことを恥じていると、また俯きそうになる顔をヴァルフレートが持ち上げる。

「やはり俺にはクロエしかいない。クロエ、俺と結婚してくれ」

「ヴァ、ヴァル？　わたしの話を聞いていた？」

唇に啄《ついば》むようなキスをしてくるヴァルフレートに戸惑いを隠せない。

「もちろんだ。俺の身分と結婚したがる人間は多いが、国王にならないでほしいと言ったのはクロエだけだ」

ヴァルフレートによると、一晩だけでヴァルフレートへの結婚の申し込みが両手の指でも足りないくらいに届いたそうだ。

死んだと思われていた前王太子の子息で、将来を有望視されていたヴァルフレートならばと年頃の娘を持つ貴族たちから時間を問わない猛攻があったらしい。

「そもそも俺は舞踏会でクロエとしか踊らなかったし、クロエを他の男に委ねることもしなかった。それがなにを意味するのかわからぬ者を義理とはいえ父と呼べるとは思えない。それに」

ヴァルフレートは一拍空けて視線を合わせる。

「――それにクロエは王胎だろう？　王になる者の妻として、これ以上相応《ふさわ》しい女性がいるだろうか。俺はいないと思う。つまりクロエは俺の妻ということだ」

ヴァルはもう黙れと囁《ささや》くと、濃厚な口付けを仕掛けてくる。

唇を甘く食《は》んで舌先でつついて口を開けと促してくるが、クロエは顔を背けて抵抗する。

「クロエ、俺とのキスが嫌なのか？」

低く囁くとクロエの胎の奥がずくりと疼《うず》く。

王都に来てからはこういう機会が少なく、少し濃厚に触れ合うだけで身体が蕩《とろ》けそうになってしま

うのをクロエは自覚していた。

「い、いやじゃないわ……でも、ここは嫌よ」

王城の応接間で、いつ席を外した父とユルゲンが戻ってくるかわからないのだ。

安心してキスなどしていられる環境ではないのは間違いない。

「なるほど……クロエの気持ちを尊重しよう」

ヴァルフレートは身体を起こすと立ち上がった。

安堵《あんど》したクロエが乱れたであろう髪を手櫛《くし》で直していると、目の前に手が差し出される。

「？」

首を傾《かし》げてヴァルフレートを仰ぎ見ると、彼は彼で訝《いぶか》しげに目を細めていた。

どうやらお互いの認識に齟齬《そご》があるようだと理解したヴァルフレートが口を開く。

「……誰にも邪魔をされないところに移動して続きをしよう……という話だったのでは」

「違うわ！　お父様たちが戻ってきたら大変だから、ここまでにしましょうって話よ！」

顔を真っ赤にして否定するクロエが可愛らしかったからか、ヴァルフレートはまた座り直し、何度もクロエにキスをするのだった。


日を改めて、再びクロエが王城へやってくると、行先は先日の応接間ではなく、会議が行われる議場だった。

そこでヴァルフレートはクロエのことを正式に伴侶であると発表した。

もちろん事前にベネヴィート伯爵家は了承済で、クロエもそのつもりでやってきている。

特に隠していたわけでもないので、知っている人は知っていることだった。

だがそれは不満に思う人がいないというわけではない。

拍手の後に、咳払いをしながら「しかし伯爵令嬢とは……いかがなものでしょうか」とはっきりしない物言いをする貴族もいた。

恐らくヴァルフレートに求婚した高位の貴族家なのだろうと思うが、相応しくないと突き付けられることはクロエの前向きな気持ちを削《そ》いでいく。

「クロエは私の命の恩人だ。彼女がいなければ私はこの国に来ることも、ここに立つこともなかっただろう。すべては神の思し召《おぼめ》しだ」

数人の貴族が折衷案としてクロエ以外にも妾《めかけ》を持つようにやんわりと進言したが、ヴァルフレートはそれをきっぱりと跳ね除《の》けた。

「私は正式に婚姻を結ばない関係を誠実だとは思わない。ましてちゃんと愛する妻がいるのなら他の女性を愛する余裕などあるはずもない。次の世代の王位継承に余計な心配事を持ち込む気もない」

ある種潔癖ともとれるヴァルフレートの言葉に、数人の貴族が気まずげに視線を逸らした。

それなりにざわついたが、重鎮であるメリオルト公爵が味方になってくれた。

公爵はクロエも知らないようなベネヴィート伯爵家の過去の功績を示し、伯爵家とはいえ他家に勝るとも劣らない由緒ある家柄なのだと、いい感じで取りなしてくれる。

どうしてそこまで持ち上げてくれるのだろうかと不思議に思ったが、横からヨーセフが小さく囁く。

「この世は持ちつ持たれつで成り立っているということだ」

なるほど、よくわからないがそういう事なのだろう。

クロエはニコニコし過ぎないように極力キリリとした顔でいるように努めた。

結果クロエはヴァルフレートの伴侶として王城に住まうことになった。

クロエの居室にするべく慌ただしく改装している様子を見て、クロエは自分が来たせいで忙しくさせてしまったのではないかと恐縮したが、そうではないと侍女のサンドラが首を振る。

「実は前王……いえ、アドリアン様の趣味が独特であられたので……城内を管理する皆の総意ですのでクロエ様は必要以上にお気になさらず」

サンドラは優雅に口角を上げる。

彼女はクロエが城に上がるにあたって身の回りのすべてを取り仕切ってくれる力強い味方である。

以前は王妃マルグリットの侍女であったらしい。

「でもせっかくですから、クロエ様のご趣味を反映させた内装にするのもよろしいかと。後で担当の者を呼びましょう」

サンドラの頭の中では既にいろんな段取りが組まれているのだろう。

有能な女性であることはすぐにわかった。

「あの、でも王城には王妃様や王子様だっていらっしゃるのですし、まだ何者でもない私が大きい顔をして改装に口出しするのは良くないのでは……」

現在アドリアンとその家族は王城の北棟で軟禁されている。

たくさんの証拠があるのに未だに正式な裁きが下されていないのは、様々な手続きが終わっていないからだという。

不自由な暮らしをしている中で、自分だけが優遇されるのはどうにも尻の据わりが悪かった。

「まあ、そんな心配はご無用ですわ！　クロエ様は修道院に居られたこともあってとても慈悲深くていらっしゃるのですね」

自分に好意的に接してくれてなにを言ってもいいように取ってくれるサンドラに、クロエは逆に申し訳ない気持ちになる。

恐らく自分よりもいい家柄で、王城のこともそしてきっと社交のことも詳しいに違いないサンドラから、気を遣われ傅《かしず》かれる資格が自分にあるとは到底思えないのだ。

（でも、そんなことを言っていられないのよね。ヴァルの……一国の王の妻となるのだから……）

クロエは両手を身体の前で強く握って気合を入れなおす。

それを視界の端で捉えたサンドラが微笑《ほほえ》ましそうに目を細めた。

時を置かずしてヴァルフレートが正式に立太子することになった。

事情が事情なだけに王太子を経ずに国王に即位することも検討されたが、こんな時だからこそ手順を踏んで即位するのが望ましいと重鎮メリオルト公爵が提言したそうだ。

アドリアンは再三の説得にも応じず絶対に譲位をしないと頑な態度を改めない。

そのため、ヴァルフレートが即位するにはアドリアンが犯した国に対する背信行為を公文書に記載し、罪を犯したため王位をはく奪するというひと手間を加える必要が出た。

罪を認め悔い改めるならば浅い傷で済んだものを、後世まで残る記録に愚王と不名誉な形で爪痕を残すことになる。

アドリアンの心の歪みはそこまで酷《ひど》いのかと思うとなんとも言えない気持ちになるが、クロエにはどうすることもできない。

とにもかくにもこれでクロエは便宜上この国で最も位が高い女性となったわけだが、生来の慎《つつ》ましさもありなかなか威厳を醸し出すことができずにいた。

「誤解を恐れずに言えば、クロエ様は舐《な》められているのです」

「うっ……やっぱりそう思う？」

入浴後クロエの髪を丁寧に梳《くしけず》りながら深く頷《うなず》くサンドラに、クロエは肩を竦《すく》める。

午後に王城でお茶会を開いたのだが、一部の令嬢が驚くほどクロエに対して頭が高かったのだ。

もちろん好意的に対応してくれる令嬢たちが彼女たちを諫《いさ》めたが、態度を改めるどころか一触即発の状態になってしまい、結局クロエが謝罪することとなった。

「本来ならあそこでピシッと令嬢たちを叱りつけて登城禁止を申し渡すくらいのことをしてもいいのですよ」

思い出し怒りが込み上げてきたのか、サンドラのこめかみがぴくぴくと痙攣《けいれん》している。

お茶会の場でも同じように意見しようとしたサンドラにどうか気持ちを抑えてくれと懇願したのはクロエだった。

「でも、お茶会に来てくださったことはありがたいし、きっとわたしが気を利かせられなかったから気分を害されたのよ」

俯いて反省の表情を浮かべるクロエに、サンドラは眉間にしわを寄せる。

「クロエ様は十分よくやっておいでです。十年も社交から遠ざかっていたとは思えぬほど、会話は機知に富んでいらっしゃいますし、仕草も優雅ですし、ヴァルフレート様に愛されておいでだし。あれはやっかみですよ」

確かに貴族の間では、クロエの評判は意外なほど良い。

ヴァルフレートが相手でなければうちの息子の嫁に、と軽口を言ってヴァルフレートに睨《にら》まれる貴族もいるくらいだ。

多分にお世辞が含まれていることはクロエも承知している。

だからお世辞を言ってもらえるうちに、本当の淑女としての実力をつけねばならないと寝る間も惜しんで勉強しているのだ。

「ありがとう。でも十年のブランクを埋めるのは並大抵のことではなくて……」

クロエが修道院で空腹を満たすために食べ物を採取をしていたとき、令嬢たちは完璧な淑女を目指して猛勉強していたのだ。

付け焼刃で敵《かな》うはずはない。

（それでも、やらなければ。ヴァルに恥ずかしい思いはさせられないもの）

そんなに気張らずともクロエは十分素敵なレディだと、サンドラは何度も言い含めて部屋を退出した。

サンドラの献身的な対応にクロエは救われている。

「いつか彼女に報いることができればいいのだけれど……」

もう寝るだけだというのに、サンドラはクロエの髪を完璧に整えてくれた。

甘い蜂蜜とバニラの香りがする自分は、もしかしたらちょっとおいしそうかもしれない。

そんなことを考えていたクロエは、天蓋付きのベッドに視線を流す。

クロエの寝室はヴァルフレートの寝室と続き部屋になっていて、いつもで行き来できるようになっている。

だが、忙しいヴァルフレートはクロエが起きていられる時間を大幅に過ぎないと寝室にやってこない。

それゆえ気にせず休んでいるようにと言われているのだが。

（……女にも、そういう耐え難い衝動があるなんて）

もう何日もヴァルフレートと肌を合わせていないことを、自分がこんなに不満に思うことになるなんて思いもしなかった。

クロエにとって性的な衝動とは男性側のものであって、女性はそれを受け止める側だと思っていた。

これまでクロエの知るどの女性も、そのようなことを口にしているのを今まで聞いたことがなかったからだ。

（でも、そうではないことをわたしは知っている……）

もじ、と夜着の下で膝を擦り合わせる。

なぜだか今夜は身体が火照る気がして、クロエはすっかり『その気』になってしまった。

反対側の続き扉を見つめる。

だがいくら開くように念じても扉は一向に開く気配がない。

「ヴァルが忙しいのは、わかっているわ」

クロエは肩を竦めると、ガウンを脱いでベッドに入る。

しばらくシーツの上をごろごろ転がっていたが、やがて続き扉に背を向けて動きを止めた。

健やかな寝息が聞こえてくるかと思いきや、聞こえてきたのはあえかな吐息だった。

「……っ、ぁ、ふ……っ」

いけないと思いながらも、ヴァルフレートがどうやって触れるのか思い出しながら、胸の頂きに触れる。

慣れていないからかそれとも背徳感からか、ヴァルフレートに触れられたようには感じない。

自分で触ってもどうも物足りないクロエは、いけないと思いつつ脚のあわいに手を伸ばした。

そこはすぐに湿りけを帯びてきてしまい、クロエの顔は熱くなる。

(う、うう……っ！　ヴァルが悪いんだから……っ)

責任転嫁をしつつ、あわいや蜜口の浅いところを懸命に擦り上げていると、キイ……と音がして扉がゆっくりと開けられた。

(えっ？)

ぎくりと身体を強張らせたクロエに小さく囁く声が聞こえた。

「……クロエ？　やはりもう眠ってしまったか。今夜もまたお預けか」

残念そうにため息をつくヴァルフレートが微《かす》かな音を立ててベッドに近付いてくるのがわかったクロエは、咄嗟《とっさ》に寝たふりをしつつ、あわいから手を放した。

なにをしていたか知られてしまったら憤死してしまう。

なにがなんでも寝たふりをしなければと固く誓う。

やがてベッドのすぐ近くに来たヴァルフレートが、身を屈《かが》めてクロエのこめかみに口付けを落とす。

知らなかっただけで、ヴァルフレートは毎夜おやすみのキスをしに来たのだと思うとクロエは泣きそうになった。

もう少し我慢していれば寝たふりなどしなくてもヴァルフレートと幸せな夜を過ごすことができたのにと思うと、間の悪さとやるせなさで泣きたくなる。

しかし寝る前に大好きなヴァルフレートの香りを感じることができて幸せだ。

クロエが心の中でおやすみなさいと告げたその瞬間、ヴァルフレートがスンと鼻を鳴らした。

再度クロエは身が強張るのを感じてしまう。

(え、今の……もしかして……もしかして!)

さきほどまで淫蕩《いんとう》に耽《ふけ》っていたのがバレてしまったのかと、内心冷や汗をかく。

そんなはずない、きっとサンドラが髪に付けてくれた香油がいい香りだったから嗅いだだけ……そう信じていたのに。

ヴァルフレートの手が毛布の上からクロエの肩を撫《な》で、そのまま下に下げられる。

腰のカーブを通り過ぎ、ふとももののあたりを数度往復すると、手のひらが毛布を手繰って潜り込んできた。

(……っ! だめ……これ以上は……!)

しかしクロエは寝ていることになっているのだから、声を上げることはできない。

手は直接ふとももを撫で、下腹の淡い和毛《にこげ》を撫でる。

夜着の下はなにも身に着けていないのだ。

「湿っている……クロエ?」

声が近くなって、ヴァルフレートが顔を覗《のぞ》き込《こ》んだのが瞼を通してわかったクロエは微動だにしないよう己を必死に戒めた。

「……！」

だが触れてほしいと願っていたヴァルフレートの指が、クロエの内腿《うちもも》の柔らかい肉に触れて、身体がピクリと反応してしまう。

「クロエ？」

再度名を呼ばれるが、クロエは沈黙を決め込む。

身体が勝手に反射で反応しただけです！　という態度で狸《たぬき》寝入りを続ける。

風呂に入ったんだし、湿っていてもおかしくないし！　と心の中で言い訳をするが、ヴァルフレートの指があわいを擦り上げ、自分で触れていたところよりも奥に差し込まれると動揺は隠せない。

「クロエ……」

低く囁かれながら指で浅いところを刺激されると、静かな寝室に淫らな水音が聞こえてきて居た堪《たま》れなくなる。

指の腹で隘《あい》路《ろ》を刺激されると、喉がひくついて喘《あえ》ぎ声が漏れそうになってしまう。

許可なく身体に触れられているというのに、拒むことができない。

狸寝入りをしているせいでもあり、クロエが望んでいたことでもあるからだ。

「あぁ……やはり」

ヴァルフレートの感じ入ったような声に、クロエの疑問が確信に変わる。

（さっき、やっぱり嗅いでいたんだ！）

自分では気付かなかったが、きっとヴァルフレートはクロエの蜜の匂いに気付いていたのだ。

つまり、クロエが一人で己を慰めていたのを知られたくなくて狸寝入りをしていることを知っていることになる。

これまでに感じたことのない羞恥がクロエの中に沸き起こり、大きなうねりとなって身体中を駆け巡る。

それが身体の代謝を上げ、全身が汗ばみ余計に感度が増すことになるなど、クロエは知る由もない。

ヴァルフレートがクロエを翻弄する一点を掠《かす》めた瞬間、堪えきれなかった声が漏れた。

「ひぁん！」

「……ふ、ふふ……っ、目が覚めたか？」

笑いが堪えきれずに肩まで震わせたヴァルフレートが心底可笑しそうに声を掛ける。

こめかみや頬に口付ける唇も震えているのがわかり、クロエは頬を膨らませた。

「笑うなんてひどいわ、ヴァル！」

恥ずかしさを紛らわせるように、クロエは拳を振り回す。

その手を掴んだヴァルフレートは重ねて謝罪を口にするが、どうも真剣みがない。

「悪かったって。でも、クロエがこんなにいやらしいとは思わなかったな」

「ひ、酷い……！」

ヴァルフレートに放っておかれたせいなのに。

こんな身体にしたのはヴァルフレートなのに。

クロエの中でいろんな感情が入り交じり、処理しきれなくなった感情が涙となって零《こぼ》れ落ちた。

「ひ、ひぃん……っ、ヴァルのばかァ……っ」

手を掴まれているため顔を隠すこともできず、クロエはまるで子供のようにしゃくりあげる。

涙で顔がぐしゃぐしゃになってしまい、酷い有様だろうと思うがそれでも涙を止めることができない。

「クロエ……泣かないでくれ……」

これは本気の涙だと気がついたヴァルフレートの声に焦りが混じる。

いくらヴァルフレートでも人に泣かれた経験は少ないのだろう。

明らかに慌てて対応に苦慮している。

「俺は嬉《うれ》しかったんだ。ずっとクロエに触れていないのにクロエは平気そうだし、俺だけがクロエを求めているのかと思っていたから……」

だから、クロエにもちゃんと性欲があるのだと知れて箍《たが》が外れてしまったのだと、ヴァルは項垂《うなだ》れる。

「あ、あるわよ……わたしだって……ヴァルに触れたいし、触れてほしいと思っているもの……」

もじもじと身を捩《よじ》るクロエは外していた視線をヴァルフレートに合わせると、じっと見つめた。

「ヴァル……はしたないと思わないでね……？」

「思うわけないだろう、同じ気持ちでいてくれるのが嬉しい」

縛《いまし》めていた手を放すと、ヴァルフレートはクロエの目尻の涙の痕を拭って口付けをする。

それにクロエも応じ、徐々に二人の間で熱を帯びていく。

やがて二人を隔てていた毛布やクロエの夜着が取り払われる。

ヴァルフレートはクロエに馬乗りになってシャツを脱いだ。

「クロエ……今日は寝かせてやれないかもしれない」

「いい、いいの……夜が明けるまでずっと……っ」

いい終わらないうちに唇が塞がれ、息が出来ないほどに激しく口付けを交わした。

体力で勝るはずのヴァルフレートが、いつになく荒く息をしているのが印象的だった。

クロエの脚を肩に掛けて、身体を折り畳むようにして性急に交わる。

奥まで突き入れられ激しく揺さぶられるとなにも考えられなくなり、クロエは必死でヴァルフレートの首にしがみ付いた。

「あ、あ……っ、ヴァル、はぁ……っあん！」

厚い胸板で乳房が押し潰され、痛いし苦しい。

それでなくとも苦しい体勢を強いられているというのに、クロエの頭の中はヴァルフレートと触れ合えることへの喜びで満ちていた。

自分自身をこれほどまでに求めてくれる人が、他にあるだろうか。

（好き……っ、いいえ、好きじゃ足りないわ……！）

クロエはひっきりなしに声を上げるのを止めることができないまま、自分が忘我の縁にいるのを自覚した。

自分の頭の旋毛《つむじ》が見えるわけがないのに、その辺りからチカチカと火花のようなものが光っているような気がする。

（火花……いいえ違うわ……空気が光っている……？）

やがて全身がその光る空気に覆われたクロエは身体が浮き上がるような不思議な感覚を覚えた。

まるで魂が身体から飛び出てしまいそうな、妙な不安定さ。

しかし恐怖はない。

それどころか恍惚《こうこつ》としてしまう。

ヴァルフレートがクロエへの愛を口にしながら腰を振りたくっている。

何度も最奥を突かれ、その度に蜜洞がきゅうと収縮するのを、クロエはなす術《すべ》もなく受け入れた。

（ああ、ヴァルのことが愛しい……、もうそれしか考えられない……！）

「ヴァル……愛しているわ……っ」

クロエが思いの丈を言葉にすると、身体が反応した。

蜜壺がまるでヴァルフレートを離さないとでも言うようにきつく食い締めたのだ。

「……っ、くっ！」

ヴァルフレートがぐっと強く腰を押し付け胴震いすると、中で雄芯がぐぐっと膨張し吐精する。白濁を一滴残らず注ぎ込もうとするように何度か抽送すると、ヴァルフレートがぐったりとクロエにのしかかってきた。

「い、痛い痛い！」

本気で身体を折り畳むつもりかと抗議すると、ヴァルフレートは慌てて身体を起こし蜜洞から陽根を引き抜く。

「うんん……っ」

ずるりと抜ける感覚に肌が粟立《あわだ》つ。

クロエは悩ましげな声を上げて、くったりとシーツに沈んだ。

「なんだか、キラキラしていた気がするんだけど……」

さきほどの空気が光って見えたことを話すが、ヴァルフレートは「生死を彷徨《さまよ》うとそのような幻覚を見ることがある」と言ってクロエを怖がらせた。

べたつく身体を互いに拭き清めてから、クロエはヴァルフレートに腕枕されながら横になる。

「寂しい思いをさせてしまってすまない。もう少し、アドリアンの件が片付くまでは忙しさが続くと思う」

ヴァルフレートはそう言ったが、国王になればゆっくりできるわけではないだろう。

アドリアンは仕事を放棄していたから余暇だらけだったに過ぎない。

そのせいで現在アレンブラウの内政は問題が山積み、しばらくはアドリアンの尻拭いが続く。

「身体を壊さないように気を付けてね。限界が来る前に必ずわたしのところに来て」

「クロエのところに？」

意味がわからず覗き込むようにしたヴァルフレートを、クロエが見つめ返す。

「ぎゅっと抱きしめて、元気を分けてあげるわ！」

こんなふうに、とヴァルフレートの首に手を回して強く引き寄せる。

バランスを崩したヴァルフレートはクロエを押し潰さないように慌てて手をつくが、それが面白かったのか、クロエはクスクスと笑って胸板に顔を押し付けた。


貴族院や事務官らとの調整も進み、アドリアンの罪状が確定した。

記録に残すために書面に起こしたそれは大小さまざまあり、見たことがないほどの厚さの報告書となり、携わった人々はうんざりしたため息をつく。

賛成大多数でアドリアンは正式に国王を罷免され、後任にはヴァルフレートが推挙された。ヴァルフレートも承諾し、貴族院の承認もおり、晴れて『ヴァルフレート国王』が誕生した。

本当ならばそのままクロエとの結婚式を挙げるのが一般的な流れであるが、あまりに雑務が多く、結婚式は日を改めることで決着する。

「姉上、不満は溜《た》めずに口にしたほうがいいです」

開口一番にそう進言したのは、姉のことが大好きなエミーディオだ。

彼は王妃の護衛……つまり姉の専属護衛として立候補したのだが、姉への執着が強すぎて冷静な判断ができない恐れがあるという理由で審査を突破できず苦い挫折を味わっていた。

「不満なんてないわ。わたしも結構やることがあって忙しいのよ」

クロエは現在、サンドラと共に社交界で一目置かれているメリオルト公爵夫人に師事を求め、王妃として必要なあらゆる知識を詰め込んでいるところなのだ。

他の令嬢とは違う知識を詰め込んでいた十年間は無駄ではなかったが、いま必要としている知識はまた別である。

「つらくはないですか？」

メリオルト公爵夫人は恐ろしくはないが、格上の貴族家ということもあり、姉が萎縮しているのではないかとエミーディオは気を揉んでいるのだ。

「つらくはないわ！　わたし、伸び代しかないから！」

メリオルト公爵夫人はクロエに好意的に接してくれる上に、王妃になる予定であることを知りながら遠慮をしない。

おべっかを使わないという点は、クロエにとって非常にありがたい存在なのだ。

「そ、そう……。姉上がいいなら、僕はいいのだけれど……」

いいと言いながらどこか不満そうな雰囲気を纏《まと》った弟のことが、クロエは少し気になった。

「エミー……」

「ご歓談中失礼します。クロエ様、そろそろお時間です」

サンドラが声を掛けると、それを合図にエミーディオが立ち上がる。

「あぁ、忙しいのに長居をしてしまってすみません」

「いいのよエミー。そんなこと気にしないで、いつでも会いに来てちょうだいね」

軽く抱擁して別れた弟は、やはりどこか気落ちしているように感じる。

クロエは心配そうに眉を顰《ひそ》めて遠ざかっていくエミーディオの背を見送った。


用事といっても、ヴァルフレートのような重要会議ではなく、王城の庭で同じ年頃の令嬢とクロエを囲むお茶会であるのだ。

着替えをしながらクロエは気付かれないようにこっそりとため息をつく。

「早くお友達ができるといいですね」

「お友達なら、サンドラとメリオルト夫人で充分よ」

それは軽口ではなく、クロエの本心だった。

貴族令嬢たちの中にはまだ王妃の座を諦めていない者もいる。

アドリアンが国王だったこれまでは、アドリアンの息子であるセドリックが成人するときに同世代となる子供を持つ親が時代の権力争いにしのぎを削っていた。

しかしヴァルフレートが現れたことによって、現在未婚の妙齢女性が俄《にわ》かに脚光を浴びることとなったのだ。

もしも王妃になれたら、王妃でなくともヴァルフレートの子供を産むことができたら、その子供が男児ならば……一気に権力の中枢に駆け上ることになる。

令嬢たちが目の色を変えてヴァルフレートとお近づきになろうとするのは仕方がないことだろう。

そして、クロエのことを敵対視するのも仕方のないことだと言える。

(まあまあ針の筵《むしろ》なのよね……)

表面上はにこやかに談笑しながら、クロエは今回のお茶会のメンツを確認する。

表向きは皆がにこやかにしているが、中には隠し切れない対抗心を燃やしている者、元の身分が下だと蔑む者がいると、クロエは知っていた。

それぞれに対応しなければいけないことを考えると、気が遠くなる。

(でも、エミーに大口を叩いたからには挫《くじ》けるわけにはいかないわ！　なによりもヴァルとわたしの未来のために……！)

クロエがテーブルの下で気合の籠った握りこぶしをしていると、メイドの一人が花かごをテーブルに置いた。

「まあ、綺麗ね」

笑顔を向けるとメイドは参加者が手ずから摘んでくれたらしいと微笑む。

恐らく花の扱いに長《た》けた令嬢が持ってきてくれたのだろうと頬を緩ませたクロエは、急に顔を強張らせた。

「どうかされました？」

隣の席の令嬢が豹変《ひょうへん》ぶりに驚いて声を掛けるが、クロエはそれに応えず立ち上がる。

「この花かごはどなたがお持ちになったのですか？」

その声は固く、良くない意味を含んでいるのが誰にも伝わった。

「どなたです？　どなたがお持ちになったの？」

クロエの顔はどんどん険しくなる。

それに不安を覚えたのか、参加した令嬢たちは口を噤む。

いつまでたっても名乗り出ないことに痺《しび》れを切らしたのか、クロエは声を張り上げた。

「全員、グローブを外して手をテーブルに載せて！　両手ともよ！　顔などには絶対に触れないで！」

その声は有無を言わせない強さがあった。

戸惑いながらもグローブを外した令嬢が、手をテーブルに載せると、クロエは隙のない険しい視線でテーブルを見て回る。

「なんですの？　嫌いな花でも入っていたのかしら？」

「いくら陛下のお気に入りでも、この振る舞いは無礼ではなくて？」

眉を顰める高位貴族の令嬢たちは不満げに囁き合う。

まさかそれくらいのことでこんなに大騒ぎをするのか。

お茶会の空気が醒《さ》めたものになりつつあったそのとき、クロエが声を上げた。

「あなたね！　どうして名乗り出なかったの！」

そう言って令嬢の手首を掴《つか》み上げた。

「ク、クロエ様……っ、あの、わたし……っ」

クロエの剣幕《けんまく》に泣きそうに顔を歪めたのは子爵令嬢だった。

他の令嬢たちは困惑に眉を顰める。

大人しくて従順そうな彼女が粗相をしたとは考えにくかった。

「カロッタ様、素手で直接触った？」

「え、なにをですか？」

カロッタはきょとんとして首を傾げる。

意味がよくわかっていないのだ。

「花かごの中身よ！」

「え、ええ……。私が摘んできたのです……いけませんでしたか？」

今にも泣きそうなカロッタはカタカタと震えている。

クロエはカロッタの手を大きく開かせたりひっくり返したりしてつぶさに観察する。

「やっぱり……ここ、痒《かゆ》いでしょう？」

「え？」

思いもよらない言葉に、カロッタも周囲の令嬢も目が点になる。

クロエが指し示したところが、赤くなっている。

「そう言えば……さっきから無意識に掻《か》いていたような……」

カロッタが言うとクロエが眉間のしわを深めた。

「カロッタ様をすぐに医務室へ。漆かぶれだと言って治療してもらってください」

近くにいた護衛騎士に頼むと、絶対に手を顔や他のところに触れないようにね！　と何度も念を押す。

「あの……どういうことなんですか？」

クロエの肩の力が抜けたのを見た令嬢が、手を上げて質問をする。

どうしてクロエがその『うるし』とやらを気にするのかわからなかったのだ。

「うるしというのは、この枝のことです」

クロエは花に添えられた緑の葉をつけている枝を示すと、花かごに直に触れないようにナプキンを掛ける。

「この木の樹脂に触れると赤くかぶれて痒くなってしまうんです。だから採取するときは手袋をするのですが」

カロッタはそれを知らずに素手で触ってしまった。

「人によっては痒さに耐え切れず掻きむしって傷だらけになってしまうこともあるのです」

「まあ……」

驚いたように口許《くちもと》を隠す令嬢に微笑みかける。

「わたしも以前うるしにかぶれてたいへんな目に遭ったので、つい慌ててしまって。最初にうるしのことを説明してからにすればカロッタ様を怯《おび》えさせずに済んだのに……」

反省に顔を曇らせたクロエは、ナプキンごと花かごを持ち上げてメイドに託す。

「これを持って、一応あなたも医務室に行ったほうがいいわ」

「は、はい……」

ソワソワとしたメイドは早足で医務室へ急ぐ。

「みなさまも、驚かせてしまってすみませんでした」

頭を下げると、元の椅子に座る。

「……田舎の修道院で随分庶民的な活動をされていたようですわね」

誰かが、ポツリと呟《つぶや》いた。

その声音には感心したとかいう含みが一切感じられなかった。

再びテーブルに緊張が走ったが、クロエはコロコロと笑う。

「そうなんです！　食べられる草花を探し歩いてイノシシに遭遇することもあったし、野犬と戦ったこともあるのですよ。なかなか刺激的な生活でしたわ」

「ま、まあ……随分と野趣あふれておりましたのね」

頬を引《ひ》き攣《つ》らせながらなんとか微笑んだ令嬢の顔を見て、怖がらせてしまったかもしれないと感じたクロエは努めて柔らかい声で語る。

「でも、そのお陰でカロッタ様のかぶれが重症になる前に気付けましたし、なによりヴァルフレート陛下と出逢《であ》えたのでよかったと思っています」

なんの含みもなく笑うクロエは、傍目《はため》から見ても幸せそうに見えた。

どこからか花びらが舞ってきてテーブルの上に着地する。

「……」

「……」

誰が言ったのかわからない嫌味《いやみ》な言葉に対する返答は宙に浮くことになってしまい、どう反応したらいいかわからないという妙な雰囲気が解消されないまま、お茶会は終わった。

またしてもお茶会で淑女としてうまく対応できなかった。

己の不甲斐《ふがい》なさに項垂れたクロエが反省しながらサンドラと回廊を歩いていると、前方に大勢の人の気配を感じた。

（誰かがいるわ。楽しそうな雰囲気ね……）

さっきまでのお茶会とは大違いだと項垂れる。

クロエは邪魔してしまわないように回り道をしようかと思ったが、方向転換する前に「ヴァル様」という甘えた声を聞いてしまった。

（ヴァ、……ヴァル様？）

城内でヴァル様と呼ばれる人物をヴァルフレートしか知らないクロエは、思わず聞き耳を立てる。

背後でサンドラが「クロエ様っ」と宥《なだ》めるのが聞こえるが手でパタパタと合図をして「静かにして！」と小声で応じる。

機敏な仕草で柱に身を隠し顔だけをそっと覗《のぞ》かせると、視線の先にヴァルフレートがいた——見知らぬ美女たちと共に。

ヴァルフレートは由緒ある王城の昼日中とは思えないほどに肌を露出した女性に囲まれて和やかに談笑している。

話の詳細まではわからないが、時折美女たちが「キャー！」と歓声を上げて盛り上がるところを見ると、真面目な話をしているのではなさそうだ。

「こ、これが……忙しくてわたしと一緒に眠る時間もないというヴァルのお仕事の実態……」

「違います、クロエ様誤解です！」

サンドラが必死になってクロエを柱から引《ひ》き剥《は》がそうとするが、体幹が鍛えられているのかクロエはびくともしない。

そのうちにヴァルフレートは片手を上げて歩き出す。

話を打ち切るのかと思いきや、美女たちもそれに合わせて移動するので、ヴァルフレートは仕方なしにまた立ち止まる。

今度は距離が近くなったために会話が手に取るようにわかる。

「ねえ、ヴァル様～。もっと詳しくお話をお伺いしたいですわ～」

「では今度は伯爵といらしてください。実務を知る伯爵を交えたほうがより理解が深まるでしょう」

「まあ、あなただけ狡《ずる》いですわ！　わたくしだってヴァル様とお話したいのに！」

「ヴァル様、わたくしはヴァル様とふたりきりでお話したいですわ～」

「すみません、この後予定があるので、そろそろ……」

美女たちを振り切るためにヴァルが話を打ち切ろうとするが、彼女たちはヴァルフレートの袖を掴み服の裾を掴み、腕を広げて通せんぼをして二人きりで話す時間を取ってくれと言い募る。

そうすることで見えた一番熱心な美女のドレスは、まるで夜会用のドレスのように背中が丸見えのデザインだった。

クロエは真顔で柱から身を離すと、音を立てないようにこっそりとその場を後にした。

「クロエ様……今のは……」

サンドラが弁解しようと言葉を探して唸《うな》るのを聞いて、クロエは振り向く。

「ねえ、お願いを聞いてくれるかしら？」

そのきっぱりとした口調はお願いの体を取っているが、明らかに命令であった。

笑顔が浮かんで一見機嫌がよさそうに見えるクロエが、胸の内は激しい嫉妬の炎が燃えているとわかり、サンドラはコクコクと激しく首肯するしかできなかった。


真夜中、ヴァルフレートは結局仕事が立て込んでクロエと晩餐《ばんさん》も一緒に摂《と》ることができなかったし、就寝の時間にも間に合わなかった。

クロエはもう眠ってしまっただろうと思ったヴァルフレートは、以前のようにおやすみのキスだけでもしようと思ったが、あまりに遅い時間なので遠慮した。

朝早く起きてたくさんキスをすることにして、主寝室に入る。

独り寝はつまらない。

クロエの体温も存在も感じることができず、ただ冷たいシーツに寝転がって眠るだけ。

以前は当たり前のようにしていたことが、クロエを知ったことで耐え難くなった。

「はぁ……クロエに触れたい……」

欲にまみれた独り言を呟くと楽な夜着に着替えるのも億劫《おっくう》で、ヴァルフレートは上着だけを脱いで椅子に放るとベッドに倒れ込む。

このまま眠ってしまおうと思ったのに、ベッドが返事をするものだから驚いてしまった。

「うっぐ！　まさかそう来るとは思わなかった……！」

「⁉」

くぐもった声にヴァルフレートはピリ、と神経を緊張させる。

鍛え上げられた腹筋を使い素早く起き上がると、綺麗に整えられたベッドの毛布を捲《まく》る。

「……クロエ？　その格好は……？　なにをして……」

不埒《ふらち》者が入り込んだかと護身用のナイフに手を掛けたところだったヴァルフレートは、毛布の中から現れたのが、愛するクロエだったことに酷く驚いて言葉を失った。

その格好と表情は、彼の知らぬものだったのだ。

「これは仕返しよ！　そしてヴァルに対する抗議でもあるわ！」

身体のラインが余すところなく見えてしまう扇情的な夜着を纏ったクロエが、腰に手を当ててベッドの上に仁王立ちになった。

眉を吊り上げ怒りをあらわにするクロエの迫力に、ヴァルフレートは押され気味になる。

「仕返し……抗議？　俺はクロエになにかしてしまったか？」

心当たりがないヴァルフレートは困惑した表情を浮かべ、クロエを見返す。

そしてサッと視線を外して口許を手で隠した。

「……やっぱり、後ろめたいことがあるのね……！」

冷え切ったクロエの声に、ヴァルフレートは反対の手を前に出して言葉を遮る。

その頬や耳がほのかに赤くなっていた。

「違う……後ろめたいというならそうだが……、君の知らないところで幸運にあり付いてしまったことへの後ろめたさというか……」

ヴァルフレートがしどろもどろになっている様子をさすがにおかしいと感じたクロエが説明を求めると、彼は口許をムニムニさせながら口を開く。

「……クロエ、夜着が薄すぎて全部、見えている……」

「……っ！　うそおおおおっ？？」

クロエは悲鳴を上げると、ベッドにしゃがみ込み胸を押さえた。

時は少し前に遡る。

頭に血がのぼっていたクロエは、サンドラに王都で一番扇情的な夜着を手配するように頼んだ。

そんな破廉恥なことは承諾できないと断られると思ったが、意外にもサンドラは鼻息を荒くして「お任せください！」と胸を叩いて部屋を飛び出していった。

あとから聞いたところによると、サンドラは城下でデザイナーをしている親友がいて、女性も性に開放的であるべきだという信念からかなり際どい夜着を作っているという。

「失礼ながらわたくし、クロエ様ほどのプロポーションをお持ちであればどんな夜着でも着こなしていただけるに違いないと常々思っておりまして！」

荒い息で戻ってきたサンドラの両手には、様々な意匠で作成された夜着が詰まった袋がぶら下がっていた。

それを目にしたクロエは、自分が早まったことをしたかもしれないと冷や汗をかいたが、それでもヴァルフレートに対する怒りのほうが勝った。

（あんな風に女性にデレデレして、浮気だわ！）

クロエにはコンプレックスがある。

自分が都会的に洗練されていないというコンプレックスだ。

多感な時期に質素倹約を求められる修道院で過ごしていたため仕方がないが、それでもそう簡単に割り切り拭い去れるものではない。

あの女性たち……ヴァルを取り囲んだ美女たちはみな都会的な魅力と自信にあふれているようにクロエには見えた。

惜しげもなく肌を露《あら》わにし、持てる武器を最大限に使って目的を達しようとするその心意気に、クロエは怖気《おじけ》づいてしまった。

（ヴァルの浮気も許せないけれど、わたしも不甲斐ないわ……！　わたしがこんな気持ちではヴァルが浮気をしてしまうのも仕方がない……！　かくなる上は！）

強制的にでも己の価値を己が認めるしかない。

そのためには自分も彼女たちと同じステージに立ち、ヴァルフレートの視線を釘付《くぎづ》けにするのだ。

そして美女たちに目移りしたヴァルフレートに制裁を加える。

（自信がないわたしも、他の人に目移りするヴァルも駄目！　そしてあわよくばそのまま……）

最近触れ合いが少ないことで生じた不満も、ここで解消できれば。

クロエはサンドラと一緒に熱心に夜着を選ぶのだった。


「……なるほど？」

顔を真っ赤にして毛布に包《くる》まったクロエを前に、ヴァルフレートは胡坐《あぐら》をかいて顎を擦った。

表情に怒りや呆れなどはなく、クロエはヴァルフレートの考えが読めずに押し黙る。

（いっそのこと笑い飛ばしたり冷笑したりしてくれたら、まだ処し方はあるのに）

落ち着いた声を聞いていると自分だけが空回りしているようで居た堪れなくなり、チラリと目線を上げる。

「え」

予想に反して、ヴァルフレートは目元を赤らめてニヤニヤとしていた。

きっと呆れられているだろうと思っていたクロエは、意外過ぎるヴァルフレートの反応に思わず声を上げた。

「ど、どうしてそんな嬉しそうな顔をしているの？」

心の狭い恋人を持って後悔しているのではないか、クロエと結婚するのを考え直すべきかと思案しているのではないかとばかり思っていたクロエは訝しげに眉を顰める。

着実に王としての実績を積み上げているヴァルフレートに対して、クロエができていることはなんだと問われると言葉に詰まってしまう。

王妃教育は問題ないが、教えられれば誰でもできることはこの際関係ない。

認めたくはなかったが、クロエは焦っていた。

早く誰もが納得するようなヴァルフレートの伴侶にならなければ。

そうでなければ愛想をつかされてしまうと思っていたのに。

ゆえにヴァルフレートのこの反応はクロエにとっては想定外だった。

説明を求めてじっと見つめていると、ヴァルフレートは気まずげに視線を彷徨わせたあと、咳払いをしてクロエを抱き締めた。

「ちょっと、ヴァルったら！」

「誤魔化す意図はない。嬉しいんだ」

毛布ごとぎゅうぎゅうと抱き締めたあと、ヴァルフレートはクロエを軽々抱き上げると後ろ向きに胡坐の中に座らせ、前に手を回す。

「焼きもちを焼いてくれたんだろう？　俺が他の女性と話していたから」

「は、話していたなんてものじゃなかったわ！　あんなに身体……む、胸を押しつけるようにされて囲まれていたじゃない！」

目に焼き付いた、もう思い出したくもない光景に眉を顰めながらクロエは叫ぶ。

自分の中にあんなに醜い感情があるなんて知らなかったし、知りたくもなかった。

（ヴァルのせいで……気付いてしまった……）

これ以上ヴァルフレートの中で自分の価値が下がってしまったら、その内愛想をつかされてしまうかもしれない。そうなったら自分は耐えられるだろうか。

（いいえ、耐えられないわ。一度ヴァルの腕に抱かれたら、このあたたかさを手放すなんて……）

クロエは自分が誘惑に弱くなっていることに気付いている。

もしもヴァルフレートと永遠にいられる権利を得られるならば、悪魔と契約することさえ辞さないかもしれないと考えるほどに彼を求めてしまう。

腹の前に回されたヴァルフレートの手に自らの手を重ねて力を込める。

「いやなの！　わたし以外の人に、あんなふうにしないで……！」

「しないよ」

間髪入れずにそう答えたヴァルフレートに、クロエはカッと頭に血がのぼる。

あまりにすぐに応じたため、真剣ではないと感じたのだ。

「わたしは本気よ！」

「俺だって本気だ。俺の心も身体もクロエのものだからな。あのときいたのは議会で発言力のある貴族の関係者だったからあまり強く拒否しなかったが、クロエがそこまで気にするならば容赦はしない」

クロエを拘束する腕に力が込められる。

「クロエの物である俺に許可なく触れたら、その手を斬り落とすことにしよう」

「ヴァ、ヴァル！　どうしてそんなに過激になるの？　そこまでしなくてもいいわ！」

慌てて首を反らせてヴァルフレートを見ると、後ろから額に口付けられる。

「なぜ？　他国では盗人《ぬすっと》は手首を落とすという刑があるから、それを参考にした合理的な……」

「合理的じゃないわ！　もっと穏便にして！　せめて払い落とすとか！」

ぺぺっと埃を払う仕草をすると、ヴァルフレートはウンウンと頷く。

「なるほど。爵位剥奪のうえ追放か」

「ち、違うってば！　ヴァルってば極端よ！」

そんなこんなで誤解が解けたらしいクロエとヴァルフレートは、密着していることもあり、徐々に甘い雰囲気を漂わせ始めた。

ヴァルフレートの手がいたずらにクロエの夜着の中に手を入れ、肌の感触を楽しみだす。

「ヴァルったら……だめよ……」

「駄目？　こんな際どい夜着を着て俺のベッドに忍びこんできたというのに、どこが駄目なんだ？」

腹から胸下を撫でるとクロエの腹がヒクリと戦慄《わなな》いた。

密着したクロエの肌は、もっと触れてほしいと言っているようにヴァルフレートの手のひらに吸い付く。

「駄目……ヴァルは触っちゃ駄目なの」

手の甲をぎゅっと抓《つね》ると、クロエはヴァルフレートの腕から逃れ向かい合い体重をかけて押し倒す。

抵抗することもできただろうに黙って押し倒されたヴァルフレートに馬乗りになると、クロエは固い胸板に両手を置く。

「今日はわたしがするから、ヴァルは手を出さないこと！」

それが罰なのだとクロエは得意げに鼻息を荒くした。

現在ヴァルフレートはクロエから刺激を与えられ奥歯を噛みしめている。

不器用なりに手淫で立ち上げた雄芯を蜜壺に収めようと懸命になっているのはわかるのだが、さきほどから先端が蜜口から逃げてしまい、クロエは苦戦していた。

「ん、んんんっ！　だめ、入らないわ……」

身体を支えるのに疲れてしまったのか、クロエは額に汗を浮かべてヴァルフレートの上に腰を下ろす。

「クロエ……、中途半端に投げ出すのは良くない……っ」

いろんなことに耐え続けているヴァルフレートは目元を赤くして腹筋を戦慄かせる。

ヴァルフレートにとっては先端をこれでもかと柔肉で刺激され、十分な高みに上り詰める前に引きずり下ろされるのを何度も繰り返されているのだ。

文句のひとつも言いたくなるのは当然だろう。

「投げ出したんじゃないわ、ちょっと休憩しているだけよ」

ムッとして口を尖《とが》らせたクロエは抗議するように腰を揺らす。

クロエ的にはやる気があるのだと示したかったための行動だったが、ヴァルフレートにとっては大変なことだ。

クロエの柔らかく解れた肉襞が蜜を纏って竿《さお》を刺激するのだから堪らない。ヴァルフレートは奥歯を噛みしめ低く唸る。

「う、ぐ……っ、なあ、クロエっ、もういいだろう？　そろそろ俺が……」

我慢も限界に近付いているらしいヴァルフレートが眉を下げると、クロエは意地になって首を振る。

「駄目、わたしが入れるんだからヴァルは待ってて！」

クロエは腰を上げると再びヴァルフレートの切っ先に向かって腰を落とす。

しかし蜜を纏ったヴァルフレートの先端は、またもやクロエの蜜口を捉える前にぬるりと逃げてしまう。

「ふ、ァあ……っ！」

再びぺたんと腰を落としてしまったクロエは、快楽に蕩けた顔をして甘い吐息をつく。

クロエにしてみれば失敗してもいいところが刺激されるのだから、腰が砕けるのも仕方のないことかもしれない。

だが、ヴァルフレートはもう耐えられなかったようだ。

クロエの腰を掴んで持ち上げると、切っ先をピタリと蜜口に宛《あて》がう。

「クロエ、両手で俺のを支えていてくれ。そしてこのままゆっくりと腰を下ろすんだ」

「あ、これじゃ、ふぁ、あ……っ」

華奢《きゃしゃ》な指がヴァルフレートの怒張にそっと宛がわれ、クロエがゆっくりと腰を下ろす。クチリと濡《ぬ》れた音の後にミチミチと陽根が媚肉を掻《か》き分け蜜洞を満たしていく。

「ひぁ、ああ……っ」

慣らしが不十分だったためかそれとも別の要因があったのか、隘路を掻き分けるヴァルフレートの昂《たか》ぶりは固く太く、いつもよりもクロエを悶《もだ》えさせた。

痛みすら感じるほどにヴァルフレートの興奮しきった雄芯を締め付ける。

「ああ、クロエ……っ」

「んん、ふぁ……っ」

根元まですっかり収まると、クロエはなにかを堪えるように天を仰ぐ。

全身を細かく痙攣させて、荒く息をついているのは軽く極まってしまったからだ。

胎の奥を中心にたとえようのない多幸感が広がって、クロエは小さく喘ぐ。

「ん、ふ……ァ、はぁう……っ」

全身が歓喜の歌を歌っているような気がして無意識に口角を上げると、突然下から激しく突き上げられた。

「ひぁあっ？」

「クロエ、入れただけで満足されては俺の面目が立たない」

見ると組み敷かれたヴァルフレートが不敵な笑みを浮かべ、クロエの両手を掴んだ。

「あっ」

逃げられないように縛められたクロエが身動《みじろ》ぎをするが、その動きさえも蜜洞への刺激となって自身を苛《さいな》む。

「ほら、勝手に気持ち良くならないでくれ。ちゃんと俺のを感じてくれないと」

そう言ってヴァルフレートが器用に腰を動かした。

切っ先が中で敏感な膣壁を刺激し、クロエの腰が跳ねる。

「ひゃあ！　あ、やあ、そんなに急に……っ」

「急じゃない。俺たちはさっきからずっとこういう事をしていただろう」

いつもと少し違うところを刺激されるだけで、面白いように腰が跳ねる。

自分の意志では止められず、クロエは首を振って快感を逃そうとする。

「あ、ああっ、待ってヴァル！　ひあ、ああっ」

腰を引き浅いところをゆるゆるとあやしたかと思えば、奥まで突き入れトントンと激しくノックする。

緩急をつけた動きに翻弄されたクロエは、何度も極まっていた。

上も下もわからずグラグラと定まらない背中に手が添えられ、そっと横たえられる。

その手がヴァルフレートの物だということも、今のクロエは理解していないかもしれない。

「クロエ、ただ見ているだけでは物足りなかった」

そう言うとヴァルフレートはクロエの豊かな胸の膨らみに手を伸ばす。

透け感のある薄い布で出来た夜着の向こうで突き上げられるたびに揺れる乳房を、ようやく思うさま味わうことができたヴァルフレートの手は執拗《しつよう》だ。

手のひら全体で掴んで質量と柔らかさを堪能したあと、ツンと尖った乳嘴を摘まむ。

「あ、ふ……っ、あぁん……っ」

固くしこった乳嘴を転がすように捏《こ》ねられ、仕上げとばかりにきゅっと押し潰されると蜜洞が細かく震え、ヴァルフレートの雄芯が締め付けられる。

「はぁっ、ヴァル……っ、悪戯《いたずら》しないで……っ」

「していない。クロエのどこもかしこも愛おしくて堪らないんだ。それに」

ヴァルフレートが僅かに指に力を込めた。

ツキリとした痛みすらも今のクロエには刺激になるようで、下腹部が戦慄く。

「……それに、クロエには俺がクロエのことをどれだけ大事に思っているか、クロエ以外は目に入らないんだということをしっかりと覚えてほしい」

ヴァルフレートは夜着を捲《まく》り上げクロエの肌を露出させると、摘ままれて赤みを増した乳嘴を口に含む。

音を立てて吸い付かれ、時折甘く歯を立てられると、まるで食べられてしまうような感覚がして肝が冷える。

しかしそれですらクロエを深い快感に絡めとる一部となっていた。

甘く、時に激しくクロエを苛むヴァルフレートの性技は、クロエにとって未知の行為も含まれていた。

何度『嘘でしょう?』『そんなところ……』『無理無理無理!』と声を上げたことか。

ヴァルフレートは一般的に絶倫と言われる部類に入るのではないかとクロエは思う。

持ち上げられひっくり返され、様々な体位で攻め……愛されたクロエは度重なる絶頂で声は枯れ、強すぎる快感に体力はもうほとんど残っていない。

クロエは何度も達しているが、ヴァルフレートはまだ一度も吐精していなかった。

終わりが見えない……このままでは気絶してしまう。

そう悟ったクロエは決意する。

「ヴァル……、お、奥に欲しいの……っ」

子種をいただく器官の上をそっとなぞると、ヴァルフレートの喉仏が上下した。

「クロエ、いいのか」

いいもなにもヴァルフレートと性交しているということは、その覚悟があるということだ。

クロエは小さく頷くと両手を広げる。

「ヴァル……きて」

潤んだ目で見つめると、クロエの中でヴァルフレートの陽物が大きく脈動した。

そうすると太い血管の存在までもが鮮明に感じられ、クロエは改めて赤面する。

(ヴァルったら、こんなにしていても、まだわたしに反応してくれるの……?)

愛する人と肌を合わせ体温を感じられることがどんなに特別で幸せなことか、クロエは思い知る。

気持ちがヴァルフレートを求めると、蜜壺は顕著に反応を返す。

「クロエ……愛している」

「ヴァル……、わたしも愛しているわ……っ」

首に腕を回してヴァルフレートと密着すると、鎖骨のあたりが軋《きし》むような感覚がする。

もっとヴァルフレートと深く繋《つな》がりたい。

このまま溶けて混じり合ってしまいたいと腕に力を入れると汗のにおいに混じって、馴染《なじ》みのあるヴァルフレートの香りが鼻を掠める。

ヴァルフレートに抱かれているのだという実感がクロエの中で高まり、中がキュウキュウと雄芯を締め付けた。

「クロエ、クロエ……っ」

ヴァルフレートが低くクロエの名を呼び、最奥を突く。

腰を強く押し付け奥の奥までも暴こうとするような激しさのあと、ヴァルフレートの怒張が膨張し、熱い迸《ほとばし》りを放った。

「く……っ」

「ふぁ、あああ……っ」

びゅくびゅくと勢いよく膣壁に叩きつけられる白濁に、クロエの中はまた収縮を繰り返す。まるで最後の一滴まで搾り取ろうとするような動きに、クロエは己の浅ましさを見せつけられるようで顔が熱くなる。

「はぁ……、クロエは最高の女性だ。もう手放すことなんてできない」

しっとりと汗ばむ身体を抱き締めながら、ヴァルフレートはクロエに口付けた。

よほどクロエとの交合が良かったのか、犬が飼い主にじゃれつくような軽いキスを顔中に降らせる。

「ヴァル、見当違いな焼きもちをやいてごめんね」

弾む息の中でクロエが謝罪を口にすると、ヴァルフレートは目を細めてクロエに口付けた。

「嬉しかったと言っただろう？　俺もこれからは周囲に気を付ける。威厳にもかかわるしな」

瞳が甘さを纏ったのがわかり、クロエも安堵して自分から口付ける。

すると入れたままのヴァルフレートの昂ぶりがまた力を取り戻し、クロエの中で芯を持ち始めた。

「あっ、ヴァル駄目よ……っ、今日はもうお終《しま》い……っ」

「そんなつれないことを言わないでくれ。せっかく仲直りをしたのだから」

愛されているという自信からだろうか、ヴァルフレートは笑顔を崩さぬまま再びクロエに覆《おお》い被《かぶ》さった。

ヴァルフレートとクロエの仲は疑いようもなく、周囲のほとんどから認められていた。

あの焼きもちの一件があって以降、ヴァルフレートは言い寄ってくる女性や、自分の息のかかった女性を世話しようとする貴族連中を潔癖なまでに遠ざけたのが効果を発揮したらしい。

「重鎮たちに気兼ねせず、もっと早くにこうしていればよかった」

そう言って快適になったことを喜ぶヴァルフレートは政務に邁進《まいしん》し、クロエをますます愛した。

早く国内を落ち着かせて、クロエを正式な妻として娶《めと》るためだ。

そんなヴァルフレートを見て、クロエは曖昧に笑う。

照れがそうさせるのだが、原因は他にもあった。

最近ヴァルフレートの性欲が旺盛すぎるのではないかと感じているのだ。

クロエの中でヴァルフレートは、少し影のある男だった。

黙して語らず、なにを考えているかわかりにくい。

それが不思議な魅力となっていたことは事実だ。

今のクロエならば、それは家族を亡くした影と自分のなすべきことの重圧に耐える態度だったことがわかる。

だから今のヴァルフレートが自分の考えや欲望に素直なことは、喜ぶべきことだと思う。

ヴァルフレートの過去は、一人で背負うには重すぎる。

もし自分がその十分の一でも二十分の一でもわけあえるなら、苦労なんて思わない。

(でも……性欲が)

性欲が強すぎる。

しかもヴァルフレートは鍛えているので体力が並みの男性よりある。

クロエだってその辺の令嬢に比べたら体力はあると自負しているが、そもそも土台が違う。

先日のように全力でぶつかって来られると、翌日まで響いて起き上がれないこともあるのだ。

「なんとかならないかしら……」

「おや、なにかお困りかな？」

サンドラを従えて庭を散歩しながらため息をつくと、思いもよらない人物から声が掛けられる。

隣国ルグオレアの王子アルフォンスだ。

彼はゆったりとした服を身に着けており、優雅に散歩しているようだ。

ヴァルフレートを保護し、傷心していたであろう時期にそばにいてくれた彼は、クロエにとっても恩人と言える。

クロエはすぐに笑みを浮かべた。

「アルフォンス殿下、こちらにおいででしたか」

現在アルフォンスは頻繁に自国とアレンブラウを行き来している。

アドリアンの不正の証拠を保持していたり、第三者的視点から物事を俯瞰《ふかん》し、ズバズバと意見を言ったりするのに最適の人材だったためだ。

「ご自身もお忙しいのにアレンブラウのためにご尽力を賜りまして、ありがとうございます」

「いやいや、私としてもヴァルフレートがいないのがつまらなくてね」

アルフォンスはヴァルフレートを殊の外気に入っている様子だった。

言い方が適当かわからないが、彼らはお互いに気の置けない友人同士のように、クロエには見える。

「そう思っていただけるなんて、国王陛下もきっと心強く思っておいでですわ」

王ならば外交面で個人的に交流があることは武器になるだろう。

アルフォンスはクロエの笑顔をじっと見ていたが、すっと腕を前に出す。

「時間が許すのなら、少しお話などいかがかな」

視線で先にある四阿《あずまや》を指したアルフォンスに笑顔を返すと、クロエはその手を取った。

「喜んで」

サンドラが茶の手配をしにその場を離れると、アルフォンスは少し砕けた口調でクロエに顔を寄せる。

「ところで、なにを悩んでいるのですか」

「あら、お忘れではなかったのですね」

忘れていてほしいと願っていたが、アルフォンスは元々そのために誘ったのだと口角を上げた。

「友人の大切な人が悩んでいたら、それは放っておけまいよ」

こんなに美しい女性ならなおのこと、とアルフォンスは笑う。

口が上手な人だと感心するが、まさか閨《ねや》の事情だなどと言えるはずもないクロエは、適当に誤魔化そうと視線を彷徨わせた。

「なるほど。まあ、確かにヴァルフレートは淡白なようでいて、意外と執着心が強いから」

「は？」

なにも言わないうちからアルフォンスが納得したようにウンウンと頷いたのを見て、クロエは慌てた。

「わ、わたくしもしかして口に出ておりましたか？」

他国の王族を適当に誤魔化そうとしていたことまで知られては都合が悪いと考えたクロエは動揺して顔を赤らめる。

「いや、口にしなくともわかる。私とヴァルフレートは九年共に過ごしたのですよ？」

朗らかに笑うアルフォンスは恥ずかしがることはないとおおらかな様子だ。

クロエは恐縮しながらも、王族とは閨事への価値観が違うのかと感じる。

ほとんどの王族は子供を作ることが義務だ。

できないなら仕方がないが、できるのならばたくさんいたほうがいいと思うものなのだろう。中には積極的に妾を推奨するところもあるようだ。

（ヴァルだって、もしわたしに子供ができなかったら妾が必要だと考えるかもしれないし……）

アドリアンのせいで家族を失ってしまったヴァルフレートに、新しい家族を作ってあげたいと考えたクロエは、アルフォンスの言葉を反芻《はんすう》して顔を上げる。

「あの……ここだけの話にしていただきたいのですが」

「もちろん」

アルフォンスは片眉を起用に吊り上げて視線で先を促す。

返事が早すぎてどうも信用できない気がしたが、ヴァルフレートの友をそんなふうに疑うのは良くないと思い直し、クロエはおもむろに口を開く。

「ルグオレアにいる時から、ヴァルはその……性欲旺盛だったのでしょうか……っ」

「ぶふぅ！」

すべて把握しているはずなのに、なぜか激しく噴き出し肩を小刻みに震わせたアルフォンスは身体を半分に折って悶える。

「アルフォンス殿下？　大丈夫ですか？」

慌てて震える背中をさすると、アルフォンスはヒイヒイと笑いながら顔を上げた。

「だ、ブフッ、だいじょう……っふ、ふふっ！　君は本当に可愛らしいねえ……っ」

しつこく笑い続けるアルフォンスに、クロエは相談する相手を間違ったのではないかと不安になる。

しかしヴァルフレートがルグオレアでも今と同じように毎夜誰かに伽《とぎ》を望んでいたのなら……そう

いう考えが頭から離れなくなってしまった。

「わたしがヴァルに相応しくないかもしれないことは薄々知っているのですが、それでももう離れることなんてできないんです」

だが毎夜愛を請われてそれに全力で応えることが、今のクロエには難しい。

ヴァルフレートを満足させてあげられないことがもどかしくて、唇を引き結ぶ。

「もしもヴァルがわたしだけでは満足できないのなら、今から覚悟をしておくべきかと思いまして」

やるせない思いを押し殺して告げるが、アルフォンスはまだ小刻みに震えている。

「あの……、アルフォンス殿下？」

しつこく笑い続けるアルフォンスに思わずジト目になったクロエは唇を尖らせた。

「ああ、笑ったりしてすまないね。拗《す》ねないでおくれ」

アルフォンスの手が伸びてきて頬に触れられる。

いつも触れるヴァルフレートの指とは違う感触に、クロエは思わず肩を竦めた。

「心配しなくてもヴァルフレートはルグオレアではとてもストイックでね。浮いた噂《うわさ》ひとつなかったよ」

思いもよらないアルフォンスの発言は、クロエをひどく驚かせる。

「本当ですか？」

別にアルフォンスを疑ったわけではないが、驚かずにはいられないほどヴァルフレートがクロエを求めてくるということだ。

アルフォンスもそれを承知しているようで、特に気を悪くした様子はない。

「もちろんだ。ルグオレアにいる頃のヴァルフレートは禁欲的で、放っておけば食事も摂らずに剣の稽古をするような男だった。あまりに自分を粗末にするので、私が食事の席に引っ張っていっていたくらいだ」

懐かしむように遠くを見たアルフォンスだったが、よく考えるとヴァルフレートがアレンブラウに戻ってきたのは最近のことでそんなに昔でもない。

だがアルフォンスが口にするヴァルフレートは修道院に来たばかりの姿と重なる。

なんの楽しみも見出《みいだ》さず、ただ生き急いでいるようだった。

「私が知る限りルグオレアにはヴァルフレートに特定の女性はいない」

だから安心するようにとアルフォンスは茶目《ちゃめ》っ気《け》たっぷりに片目を瞑《つぶ》る。

クロエはそれに安堵しつつ、僅かに首を傾げる。

（じゃあ、なんであんなに旺盛なの……？）

初めての相手がヴァルフレートであるクロエには、他者と比較することができない。

これが普通だと言われれば、クロエが変わる必要がある。

それこそ本格的に体力作りをするべきだろう。

むむむ、と口をへの字にすると、アルフォンスが悪戯を思いついたように目を細めると、クロエの首を指で軽くつついた。

「君が加減してくれと言ったところで逆効果だろうから、私からそれとなくヴァルフレートに話してみよう」

「あ、ありがとうございます……」

どうして首をつついたのかと思ったが、ルグオレア国では親しい間柄ではそういう仕草をするものなのだろうと納得した。

やがてサンドラがティーセットと茶菓子を載せたカートを押してやってくると、そこでささやかなティータイムとなった。

当たり障りのない話をしていると、そこにヴァルフレートがユルゲンを伴って現れた。

「クロエ、アルフォンス。二人が一緒とは珍しいな」

ヴァルフレートはクロエの隣に腰を下ろすと当然のように腰に手を回した。

「……！」

その仕草があまりに自然なため、クロエは視線で『ルグオレアでは本当に禁欲的だったのですか？』とアルフォンスに合図を送る。

アルフォンスは再び身体を二つに折り曲げて悶絶《もんぜつ》していた。

どこか微妙な空気の漂うティータイムが終了し、クロエはヴァルフレートと並んで歩いている。

「いつの間にアルフォンスと仲良くなったんだ？」

ポツリと呟かれた声にどこか拗ねているような雰囲気を感じたクロエが横目で見ると、ヴァルフレートは眉を寄せて不機嫌そうな顔をしている。

（え、もしかして焼きもちかしら）

自身でも覚えのある感情に、クロエは咄嗟に顔を背けた。

焼きもちを焼かれて嬉しさのあまり、顔がだらしなく緩んでしまったのだ。

（あ、これってあのとき……）

ヴァルフレートも今の自分と同じように顔を覆ってしまっていたことを思い出し、またしてもにやつきが深まる。

「クロエ……」

顔を背けたことで更に機嫌が悪くなってしまったヴァルフレートに気付いたクロエは、慌てて弁解する。

怪訝《けげん》な顔をしながらもとりあえず納得してくれたヴァルフレートに、今度はクロエが唇を尖らせた。

「それにしても、アルフォンス殿下はどうしてわたしたちの仲が良いことに気付いたのかしら」

二人きりならいざ知らず、周囲に人がいる時にはそれなりに気を付けて分別ある行動をしているはずなのに。

右に左に首を傾げながら唸るクロエの後ろで、控えているサンドラとユルゲンが密《ひそ》かに笑いを堪えている。

ヴァルフレートは肩を竦めると、クロエの首をツンと指先で突く。

先ほどアルフォンスからも同じようにされたと思ったクロエは、その仕草の意味をようやく知ることになる。

「ここに俺が痕をつけたからな。それを見つけたんだろう。目聡《めざと》い奴《やつ》だ」

「ふぁ……っ⁉」

大慌てで首を押さえたクロエの顔がみるみる真っ赤に染まっていく。

うっかりそれを笑ってしまったヴァルフレートは、愛する恋人から接近禁止を言い渡され夜通し謝罪することになるのだった。


衝撃的な仮面舞踏会から半年たった。

ヴァルフレートが即位したことで内政も徐々に落ち着き、そろそろ本格的に新国王とクロエの結婚式の準備をするべきではないかという声があちこちから聞かれ始めた。

それ自体は喜ばしいことであるが、気になる噂もささやかれるようになっていた。

噂曰《いわ》く『クロエは王胎なのではないか』。

最初にその噂を掴んだのはユルゲンだった。

王の護衛として地位のある男だったが、それ以上に持ち前の気安さから周囲に溶け込み、市井の噂から城内での噂まで、ユルゲンに聞けばすぐにわかるとヴァルフレートまでもが軽口を言うくらいである。

しかし噂が『王胎』となるとそんな悠長なことは言っていられない。

確実に事実を知るのはベネヴィート伯爵家とヴァルフレートとユルゲンだ。

クロエの命の危険がある事実をこれらの人物が易々《やすやす》と他人に話すとは考えられない。

「もしかすると……旅の占い師ではないか？」

ヴァルフレートが呟いた言葉にベネヴィート伯爵ヨーセフが反応した。

「だが十年前でさえかなりの高齢だった。それに他言無用と口止めをして……」

「口に戸は立てましたか」

ユルゲンの言葉にヨーセフは言葉を詰まらせる。

生きるのに困らないだけの金子を渡し口外しないよう頼んだものの、その秘密は占い師の善性に全幅の信頼を置いたもので、絶対口にしないと決まったわけではない。

「もしも先が短いなら、身近にいる者に今生の思い出として伝説の『王胎』に会ったことがあると自慢することも考えられる」

なくはない。

その場にいる誰もがそう思った。

永遠に秘密にするには面白みがあり過ぎる秘め事だろう――他人にとっては、特に。

それぞれが考え込み、場が沈黙で満たされた。

誰もがこれぞという解決策を思いつけずにいると、ヴァルフレートが短く息を吐いて顔を上げる。

「……クロエと式を挙げよう。もう猶予はない、クロエは俺の妻なのだということを城内だけではなく全国民に知らしめなくては」

その言葉は力強い決意に満ちていて、クロエはポッと頬を上気させるのだった。


ヴァルフレートの行動は速かった。

直近の会議でそれを告げると、なるべく早く準備を整えるように指示を出した。

クロエが王妃となることは決定事項だったため水面下で調整は進められていたが、正式に式を挙げることが確定となると、そう簡単にはいかない。

他国へも招待状を出さなくてはならないし、来賓の地位が上になればなるほど日程の調整が必要になる。

外交筋は来賓の選定から調整にてんやわんやになった。

それ以外にもすることは山積みで、クロエはドレスや宝飾品の選定にあちこちに呼ばれ大忙しだ。

ある日の午後、国中のデザイナーから送られてきたドレスのデザインを見ていると、隅の方でメイドたちがひそひそと話しているのが風に乗って聞こえてくる。

「本当にお美しいかたね」

「ええ、ええ！　それなのにぜんぜん偉ぶったところがなくて」

「ヴァルフレート国王とお似合いね……早く王妃様になっていただきたいわ」

耳が火照りそうな賛辞を知らない振りでやり過ごす。

（……反対されていないのは嬉しいけれど……あまり褒めそやされるのもこそばゆいわ）

サンドラや王室の歴史に詳しいメリオルト夫人とデザインについて検討していると、メイドたちは更におしゃべりに興じる。

「ねえ、こうして陽の光の中にいるクロエ様を見ていると、あの噂も本当かもと思えるわね」

噂という言葉にクロエがピクリと反応した。

しかしここでおかしな行動をしてはメイドたちがおしゃべりをやめてしまうと思い、素知らぬ顔をしてサンドラの意見に頷きつつ、耳は完全にメイドのほうを向く。

「ええ本当に。まるで神様がクロエ様を祝福しているように見えるわね」

「やはり『王胎』なんじゃない？　金の粉のようなキラキラしたものがクロエ様に降り注いでいたのを見た人がいるというじゃない」

「ええ、そうなの？　私も見たかったわ！　私は薄暗いところでもなにかに守られているように仄《ほの》かに光っていたというのを聞いたわ」

「わあぁ、素敵！　それこそ神の御業《みわざ》じゃない？」

「そう言えばクロエ様は修道院にいらしたというじゃない。きっと神様もクロエ様の清廉な様子をご覧になって陛下と縁を結んだのではない？」

「ロマンティック！　神様が仲人ということ？」

だんだん興奮して声が抑えられなくなってどんどん妄想が広がっていくのを、クロエは背中でひしひしと感じる。

（ああ、そうなの……誰かが秘密を漏らしたわけではなくて……）

もしかしたら神の祝福的なものを見ることができる特殊な能力を持った人が城内にいるのかもしれない。それこそ、クロエの屋敷に現れた占い師のように。

ひとまず誰かが故意に暴露したのではないらしいということが窺《うかが》い知れて、クロエの心配が一つ減ったことは僥倖《ぎょうこう》だった。

しかしその問題は僥倖だけで済まなかった。

噂話を耳にした翌日、クロエが誘拐されてしまったのだ。

その現場に居合わせたのはサンドラである。

城内を歩いているときに急病人を発見したクロエが、医師を呼んでくるようにサンドラに頼んだ。

もちろんサンドラはクロエを一人にはできないと反対したが、次期王妃から『いいから人を呼んできなさい！』と鋭く命令されては否とは言えなかった。

決してこの場を離れてはいけないと言い置いて駆けたサンドラが、巡回中の騎士を捕まえて一人に医師を呼ぶように申し付け、もう一人を伴って現場へ戻ったときには既にクロエも急病人もいなかった。

「クロエ様……、クロエ様――――！」

すぐに周囲が捜索されたが、クロエの行方はわからなかった。

「申し訳ございません……っ」

顔色を悪くしたサンドラが伏して謝罪するのを聞きながら、ヴァルフレートは眉を顰めた。

「いいとは言わぬが、彼女を尊重して護衛騎士を配置しなかった私の責任もある。今は一刻も早くクロエをみつけることだ」

城からクロエが出た様子はない。

ならばまだ城内にいるはずだとあたりをつけたヴァルフレートは、サンドラの記憶を頼りに急病人の探索を命じた。


必死の捜索が為《な》されている中、クロエは暗い室内で目を覚ました。

（え、どうしてわたし……こんなところに？）

灯《あか》りの差さない部屋にクロエは一人転がされている。

起き上がろうとして手が縛られていることに気付いた。

（そうだわ……具合の悪い人がいて、それで）

記憶を辿《たど》るクロエは、介抱しようとした病人に昏倒《こんとう》させられたことを思い出す。

病人を装うなんて、他者を心配する気持ちを嘲笑《あざわら》われた気がして正直気分は良くない。

つまり自分は卑怯な手を使って誘拐されたのだと結論付けたクロエは、状況を把握しようと試みた。

なんとか身体を起こすと周囲を窺う。

どうやら見張りなどはいないようだ。

目が暗闇に慣れておらずよく見えないが、初めてきたところのような気がした。

(でも不思議……まったく知らない気もしないのよね)

なにがそう思うのだろうかと考えながら立ち上がろうとするが、後ろ手に縛られているせいでうまくいかない。

何度か試みて立ち上がることに成功したクロエは、徐々に慣れてきた目を凝らして部屋の内部を観察して理解した。

「ここは……王城だわ……!」

天井の高さや柱の位置など、変えられない特徴が知っている王城と一致することを確信したクロエはゾッと悪寒を感じた。

(王城でわたしが知らない場所って言ったら……)

「もしかして、北の棟……?」

クロエの脳裏にアドリアンの顔が思い浮かぶ。

ヴァルフレートから家族と王位を奪い、国を混乱させた張本人。

しかし彼は罪が確定し、近々辺境の離宮に移送を予定しており、四六時中見張られているはずなのに。

見張りにはより正義感と忠誠心の強い騎士を配置しているため、アドリアンに絆《ほだ》されたり買収されたりすることはないと聞いている。それなのになぜ。

クロエが考え込むと扉が軋みと共に開いた。

慌てて身体を捻《ひね》ってそちらを向くと、そこには二人の男が立っている。

「アドリアン様、それにあなたは……ハイツマン子爵！」

「おや、目が覚めましたか」

無言でクロエを睨んでいるアドリアンの隣でハイツマンが微笑んだ。

ハイツマン子爵はアドリアン派であるものの、その爵位の低さから重要視されていなかった家門だ。

取り調べの際は本人も「陛下直々にお声がけがあり、断り切れず……」と苦しい胸の内を詳《つまび》らかにし、同情されていたのを知っていた。

「九年前から証拠は一切残してきませんでしたからね」

周囲を出し抜いてやったという満足げな笑みを張り付けたハイツマン子爵は、影からアドリアンを支えていたと告げ、それに気付きもしない周囲を蔑んだ。

「金と権力に群がる虫けらなど、端から眼中にありません」

ハイツマン子爵は抜け目ない眼差《まなざ》しでクロエを上から下まで眺めると、人の良さそうな笑顔を浮かべる。

「あなた、『王胎』だそうですね」

「！」

なんとか声を出すのを堪えたが、目は口ほどに物を言う……表情でほぼ肯定してしまったクロエに
ハイツマン子爵の笑みは深くなる。

「まさかおとぎ話が現実のものになるとは……アドリアン様の起死回生の一助となりますね」

「フン、あの小童《こわっぱ》のお古というのがいただけないが、背に腹は代えられぬ」

険しい顔の中に好色な色を滲《にじ》ませたアドリアンが近付いてくる意味を、知らないクロエではない。

必死に声を張り上げる。

「お待ちください！　そのような戯言《たわごと》を本気になさるとは、賢明なアドリアン様とも思えません！

わたしは王胎などでは……っ」

否定するクロエに、アドリアンは眉を下げ見下ろす。

まるで憐れな子供を見るような表情にゾッとする。

「軟禁されている私のところまで噂が流れてくるのだぞ？　なにかしらの根拠がなければそうはなる
まい……まあ、実際のところ貴様が王胎でなくとも構わないのだ」

面白くなさそうに言うと、着ていたガウンから袖を抜き床に落とした。

「あの生意気なヴァルフレートに一泡吹かせられるのなら、手段はなんでもいい」

口許だけで笑ったアドリアンの表情からは人間の感情が抜け落ちていて、まるで野生動物を目の前にしているようだった。

「……っ！」

クロエはなんとか悲鳴を呑《の》みこむと、身体の後ろで縛られている手を必死に動かす。

逃げるにしても拘束されていては危険だと思ったのだ。

しかしその行動は彼らには酷く滑稽に映ったようで、アドリアンとハイツマン子爵は小馬鹿にしたように笑う。

「ふ、ははは！　今更どうにかして逃げられると思っているのか？」

「こ、ここが北棟なら、近くに王妃様と王子様もいらっしゃるのでしょう？　そんなところで不埒な行いはよくありません！」

必死にアドリアンの道徳心に訴えかけるが、まったく響いていないようだ。

逆に『お前はなにを言っているのだ？』とまるでクロエのほうがおかしなことを言っているような顔をする。

「マルグリットやセドリックがなんだというのだ？　私には関係ないだろう」

「……っ」

アドリアンの言葉に倫理観は？　親としての責任感は？　と困惑するクロエだったが、心底意味がわからないという顔を見て彼は『そういう人間なのだ』と理解する。

（世の中には相容《あいい》れない人がいるけれど……こんなにも響かないことってあるの？）

恐れとは違うところで泣きたくなったクロエだったが、そうも言っていられない。

一向に緩まぬ拘束に心が挫けそうになりながらも、諦めたくなくてなんとか言葉を紡ぐ。

「そ、そんな露悪的なことを言わないでください。本当のアドリアン様はそんな方ではないはず……」

「いや？　善悪など関係ない。私は私であるだけで素晴らしいのだ。世の中にはそれを理解しない愚か者ばかりだ――このハイツマンを除いて、な」

アドリアンの言葉からはハイツマン子爵への絶対的な信頼が見て取れる。それは妻や子供への想《おも》いよりも確かなものに感じて、クロエは眉を顰めたが、すぐに目を驚きに見開く。

そのハイツマン子爵がアドリアンからは見えないところでうっすら嗤《わら》ったのが見えたのだ。

（アドリアン様は、子爵に騙《だま》されている……？）

恐らくアドリアンはずっと以前からハイツマンを信頼しているのだろう。

だが、ハイツマン子爵はそうではない。

他の貴族と同じようにヴァルフレートよりも御しやすい駒として利用しているのだ。

（そこを指摘して仲違《なかたが》いをさせれば、隙が生まれるかも？）

意識して人を仲違いさせるのは本意ではないが、背に腹は代えられない。

クロエはなるべく悪そうな笑みを浮かべて後ずさる。

「まさか、子爵を本気で信用していらっしゃるの？」

突然の反撃にアドリアンが訝しむように片眉を上げた。

聞く耳を持たないほどに妄信していたらどうしようと思っていたが、一応聞く気はあるようで、クロエは安堵する。

この状態では自力で脱出するのはかなり難しいことは、クロエにもわかる。

クロエができるのは、できるだけ話を長引かせて時間を稼ぎ、ヴァルフレートがここをみつけてくれることを祈ることだ。

ゴクリと喉を鳴らして、クロエは殊更ゆっくりと言葉を紡いだ。

「アドリアン様は罪が確定し、早晩辺境に送られると聞き及んでいます。蟄居《ちっきょ》を命じられるでしょうけれど、もしもここで罪を重ねた場合、どうなると思われますか」

上目遣いにアドリアンを見るが、やはり感情の浮かない顔をしている。

こんなことをして効果があるのか？　今更彼の心に響くのだろうかという疑念が消えないが、それでもクロエには続けるしかない。

「自分で言うのも面映《おもは》ゆいですが、わたしはヴァルに愛されております。もしわたしの身になにかあれば、ヴァルは議会に諮ることなくアドリアン様を罰するでしょう」

罰すると言ったが、もしもクロエの身体が損なわれたり、尊厳が傷ついたりすることがあればヴァルフレートはその場でアドリアンの首を刎《は》ねることも厭《いと》わないに違いない。

それは脅しでもなんでもない、単なる事実である。

そしてそれを身を挺《てい》して止めるほど、アドリアンに傾倒しヴァルフレートに影響力を持つ人間をクロエは知らない。

(アドリアン様だって、死ぬのは嫌でしょうし、これで少しは思《おも》い留《とど》まってくれるといいのだけれど)

しかしアドリアンはクロエが思うよりも『壊れて』いた。

へら、とだらしなく笑うと首を傾げる。

「『王胎』を孕ませれば私は再び玉座に返り咲くことができる。なに、お前が子を孕むまでここに閉じ込めておけばいいだけのこと。難しいことではない」

「ひ、人を一人そんな長期間隠しておけると、本気でお思いですか？　わたしを探してきっとここにも騎士が来ます」

アドリアンの言葉は現実離れしていて、正気を疑うレベルだ。

もしかして既に正気を失っているのだろうか。

クロエは自分が無駄なことをしているかもしれないと思いながらも、目に力を入れてアドリアンを睨む。

ヴァルフレートの元に帰ることを、諦めたくなかった。

「私は王だぞ？　不可能なことはない。騎士になぞ邪魔させるものか」

「ええ、左様でございます。邪魔するものはすべて私が処分しましょう……以前と同じように」

そう言って微笑んだハイツマン子爵に、アドリアンが心底楽しそうに笑う。

「ああ、九年前にセシリオを屠《ほふ》ったときにも騎士を処分した。あれは毒だったか」

「いいえ、セシリオらと同じ眠り薬を仕込みました。昏倒して一度も意識が戻らないうちに焼き殺したので苦しさも感じなかったでしょう」

おぞましいことを手柄のように話すハイツマン子爵の様子に気分が悪くなる。

クロエは胃の腑《ふ》がムカムカするのを我慢できずに顔を歪ませた。

彼らは自分たちがしたことをまったく反省していない。

それどころか楽しささえ見出して笑っている。

(まともな神経だとは、到底思えない)

ジリジリ後退しながら、クロエの気持ちは逸《はや》る。

早くここから抜け出したい、ヴァルフレートの胸に飛び込んで思いっきり安心したい。

気を抜くと泣き出してしまいそうな自分を叱咤《しった》する。

(無事に、ヴァルのところに戻るんだから!)

「そうだったか？　大昔に踏みつぶした虫けらのことなど、いちいち覚えていないからな。お前とてその虫けらと同じだが」

シャツをはだけたアドリアンが舌なめずりをしながら近付いてくるのを、絶望に呑まれそうになりながら睨みつける。

「わたしはあなたの思い通りになんてならない！　わたしは虫けらじゃない……ヴァルの妻になる女よ！」

精一杯の威嚇のつもりで声を張り上げたクロエの頬が思いっきり打たれた。

目の前に星が飛んだと思ったら、腕をつくこともできず床に倒れる。

「私の子を孕む栄誉を受けることができるのだ。泣いて喜ぶがいい」

受け身を取ることもできず無様に転がったクロエに、嘲笑するアドリアンが伸《の》し掛《か》かってくる。

「きゃあ！」

半身を強《した》かに打ち付けたクロエは痛みに呻《うめ》く。

「やめてください、触らないで、放して！」

滅茶苦茶に動かした足でどこかを蹴飛ばしたクロエだったが、その足を掴まれた。

「このじゃじゃ馬め、手足を切り落としてやろうか？　私は胎だけあればいいのだからな！」

「……っ！」

ここまでかと覚悟したクロエの耳に、扉を激しくノックする音が聞こえた。

「アドリアン、ここを開けろ！」

「なっ？　まさかここに来るとは」

これまでの余裕たっぷりだったアドリアンの顔色がサッと悪くなった。

「陛下、こちらへ！」

ハイツマン子爵が素早くアドリアンを奥の部屋へ誘導する。

なにやらガタガタとしている音がするが、廊下の扉の方が蹴破られクロエの意識がそちらに向く。

「クロエ！」

現れたのはヴァルフレートだった。

焦りを顔に張り付けた彼はクロエを認めると一瞬弛緩《しかん》したが、すぐに「アドリアンは！」とあたりを見回す。

「奥の部屋へ行ったわ！」

ヴァルフレートの指示でバタバタと数人の騎士が奥の部屋に入っていったが、そこはもぬけの殻だった。

奥の部屋には隠し通路があり、そこから逃走したのだ。

幸い通路が開け放たれたままだったため、そのまま騎士が追跡に入る。

「クロエ、遅くなってすまない」

素早くクロエの両手の拘束を解くと、ヴァルフレートは強く抱きしめる。

その体温と覚えのある香りに包まれたクロエはようやく張り詰めていた気持ちが弛み、同時にペールグリーンの瞳から涙が滂沱《ぼうだ》と溢れた。

「ヴァル……、ヴァル！」

子供のように声を上げて泣いたクロエはヴァルフレートに抱き上げられ北棟から救出された。

到着まで時間がかかったのは、北棟を警備していた騎士の誰もクロエが運び込まれたのを見ていなかったためだ。

他方の捜索も同時に行い、人手が割かれたのが今となっては悔やまれる。

結局ハイツマン子爵の手のものが病人の振りをしてクロエを拐《かどわ》かし、王族のみが知る隠し通路から運び入れたことがわかった。

アドリアンが自分の保身とヴァルフレートへの敵愾心《てきがいしん》から、隠し通路を王族以外の者へ漏らしたことは彼の罪をさらに重くした。

ほどなくしてアドリアンとハイツマン子爵は捕縛される。

警備上隠し通路はすべて封鎖され、代替案を考える手間も増やされ、アドリアンに対する心象は更に悪化した。

実質的な被害は手を縛められた時にできた擦り傷と頬を張られたときに口内を切っただけで済んだが、それ以降クロエにはなにがあっても離れない護衛騎士がつけられるようになった。

挙式準備で忙しくも国内が華やぐ中、前王アドリアンの辺境移送が決行された。

しかしそれは表向きで、王城の地下牢《ちかろう》に生涯留め置かれることになったのだ。

入牢《にゅうろう》してからも反省した様子もなく、父であるヴァリオ王や兄セシリオ、そしてヴァルフレートに対する恨み言ばかりを口にし、自分が正当な王であることを訴え続けている。

それに際し、王妃マルグリットはアドリアンと離縁し、実家であるスバディ公爵家へ息子のセドリックと共に戻ることになった。

厳格な気質で有名なスバディ公爵家は、外聞を気にしてマルグリットとセドリックを領地の別荘に閉じ込めるのではないかともっぱらの噂だ。

マルグリットは内気な性格で、常々自分は王妃の器ではないことを気にしていたため、議会の決定に反対はしなかった。

しかしアドリアン断罪のあと、自室に閉じこもって、毎日この部屋を出たくないと言って泣き暮らしていると聞いたクロエは胸を痛めていた。

マルグリットは元々王妃になる予定ではなく、ここに至るまで大変苦労したと聞く。

それでも公爵家出身であったため、なんとかやってきたという経歴があった。

自分との共通点が少なからずあると感じて、クロエは勝手に親近感を抱いている。

アドリアンに罪はあれど、妻と息子にまで罪を背負わせるのは良くない。

そう考えていたクロエは、マルグリットの望むようにしてあげたいと、彼女の部屋を訪れた。

「このたびは本当に残念です……もしも王城に残りたいのであればわたしからヴァルフレート陛下にお願いしてみます。希望があれば言ってください」

クロエは、マルグリットが泣くほどに望んでいるならこのまま王城にいてもいいと考えていた。

王妃という立場を実際に経験してきたことを教えてほしいと思っていた。

もちろん知識ならメリオルト夫人から得ることはできる。

しかし経験した本人には敵わないだろう。

押しつけがましくならないように、細心の注意を払ったつもりだったが、マルグリットはうっすらと浮かべていた笑みを消して、ほの暗い視線をクロエに向けた。

「……たかが伯爵家の人間が、もう王妃になったつもりなの？　図々《ずうずう》しい」

「マルグリット様……それはあまりなお言葉です」

同席したサンドラが顔を顰めると、その言葉に刺激されたのか彼女は急に表情を変えた。

マルグリットは彼女に対してテーブルに飾られた花瓶を掴んで投げつけた。

「うるさい！」

「きゃあ！」

サンドラが立っているすぐ横で花瓶が割れる。

扉付近で控えていた侍女が動揺して部屋を出ていったのが見えた。

クロエは咄嗟にサンドラに近寄ると背に庇《かば》うようにして腕を広げる。

「マルグリット様、落ち着いてください」

大人しく内向的な性格のはずのマルグリットが、急にこのような暴力的な一面を見せることに驚きながらも、これまで抑圧されていたのだと考えれば仕方がないとも思う。

「落ち着けですって？　私はここまで九年耐えたわ！　誰になにを言われようともセドリックのためだと思って耐えてきたのに……！」

アドリアンのせいで犯罪者扱いされ、愛する息子の将来までが閉ざされてしまうのが彼女の心に暗い影を落とし負荷となったのだろう。

その気持ちはわかる気がする……いや、軽々しく口にしてはいけないことだとクロエは口を噤む。

「実家に帰れば、きっと幼い頃のように鞭《むち》で打たれる！　そんなのはいや！　セドリックにもそんなことさせない……っ、させるものですか！」

マルグリットの壮絶な幼少期を垣間《かいま》見たクロエは動揺しながらも声を張り上げる。

「ええ、そうです。セドリック様にそんなことはさせられません」

直接会ったことはないが、セドリックは内向的ではにかみ屋なところがマルグリットによく似ているという。

マルグリットが今錯乱しているのも、きっと子供を守りたいという優しすぎる心が現状に耐えられなかったのだろう。

「わたくしはなんとしてもセドリックを守らなければならないの……そのためにはなんだってするわ！」

拙いと思った瞬間、マルグリットがなにかを腰の横に構えて突進してきた。

それがなにかはわからないが、武器の類なのだろう。

必死の形相は恐ろしいよりもむしろ子供への愛を感じて、クロエは動けなかった。

母の子への愛とは、このように強く激しいものなのか。

やけに動きがゆっくり見え、このままだと腹部に当たってしまうと思ったとき、大きな音がして扉が開けられた。

「クロエ！」

ヴァルフレートの声がしてクロエがそちらに顔を向けると、後ろからサンドラに腕を引かれて数歩下がる。

目標を見失ったマルグリットが体勢を崩すと、ヴァルフレートがその華奢な手を掴んで捻り上げ、あっという間に制圧した。

「きゃあ！」

倒れ込んだマルグリットが悲鳴を上げて倒れ込むと、ヴァルフレートは身体を膝で押さえてクロエを振り返る。

「大丈夫か！」

無事じゃなければ容赦しないと言わんばかりの形相に、クロエは何度も首肯した。

「だ、大丈夫……サンドラが腕を引いてくれたから……。ありがとう、サン……」

礼を言おうと振り返ったクロエはぎょっと目を見開く。

サンドラが真っ青な顔をして今にも倒れそうにしている。

「サンドラ？　大丈夫？」

驚いて肩を揺さぶると、サンドラはへなへなとその場に腰を下ろす。

「お、……恐ろしかったです……っ」

いつも気丈にしていても、凶事に直面するのは誰でも恐ろしいものだ。

クロエがそうよね、怖かったわねと同調すると、サンドラは眦《まなじり》を吊り上げて叫ぶ。

「違います！　クロエ様どうして私を庇って前に出られたのですか！　万が一あなたが怪我を負ったら一大事でした……！　そんなことになったら私は自分を許せません、生きていられません！」

その剣幕に驚いてなにも言えずにいると、サンドラは瞳を潤ませてクロエに抱きつく。

「お怪我がなくて……本当に良かったですわ――――！」

咄嗟の行動ではあったが、それがサンドラを驚かせてしまったことを深く反省したクロエは素直に謝罪し、彼女の背中をそっと撫でてやる。

「本当だぞ、マルグリットが暴れていると報告を受けたときは血の気が引いた」

マルグリットが激高し始めたときに逃げた侍女が、助けを呼びに行っていたのだ。

「ヴァル、心配をかけてごめんなさい」

マルグレートが怖がるから、と護衛をつけずにいたことを後悔してクロエは項垂れる。

その後騎士たちがやってきてマルグリットを連れて行った。

クロエは罰するのではなく医務室に連れて行くように頼んだ。

暴力性からではなく、これまでの抑圧されてきたことによる不安定な精神状態がクロエとの会話で爆発してしまったのだと思っている。

「不幸な連鎖は断ち切らなくてはいけないわ」

「……俺からしたら甘すぎる」

マルグリットは刃物を隠し持っていた。

護身用だったとしても、それをクロエを害するのに使用したのは許せなかった。

「マルグリット様はきっと立ち直るわ。セドリック様の良き手本とならねばならないんだもの」

しかし自分の教師としては王城に残れないのだろうな、とクロエはため息をつく。

この件においては反省しきりのクロエだったが、意外にもマルグリットへの寛大な対応は、株をまた上げる要因となった。

そのお陰かマルグリットやセドリックに対しても同情的な意見が多く聞かれた。

王城から定期的にマルグリットのもとに医師を派遣することになり、それが抑止となってマルグリットの実家のスバディ公爵家でも彼女を冷遇しづらくなる。

結果的にマルグリットとセドリックは公爵家の領地で静養を兼ねて暮らすことになった。

時を同じくしてアドリアンに味方して甘い汁を吸っていた者たちも調べ上げられ断罪され、アレンブラウ国は悪い膿《うみ》を出した。

そしてとうとう新国王ヴァルフレートとクロエの結婚式が執り行われる運びとなった。

「姉上、本当にお綺麗です……！」

「ありがとう、エミー」

感極まって泣きそうになっているエミーディオを抱き締め、クロエが微笑む。

父母と弟に挨拶をしてから、式場の扉の前で待機しているヴァルフレートに腕を絡める。

「やっとこの日が来たな。待ちわびた」

「わたしもよ、ヴァル」

挙式はあの火事の日――つまりヴァルフレートの父と母の命日の翌日に行われた。

王城の占い師が良き日を選定したところ、その日にちが候補に挙がったのだが、当初避けるべきではないかという意見が多くあった。

しかしヴァルフレートは問題ないとこの日に決めた。

「父と母の遺志を受け継ぐという意味でこの日ほど象徴的な日もないだろう」

そう言って微笑むヴァルフレートを、クロエは誇りに思う。

心の底から愛し、共に生きたいと願う人と出逢えたことに感謝の念が溢れて止まらない。

王城の大聖堂で神に愛を誓うと、天井から突如花が舞い散った。

列席した者たちは驚いたが、これからのアレンブラウ国に対する祝福が感じられる素晴らしい演出だと準備した者を褒《ほ》め称《たた》えた。

そんな演出があると知らされていなかったクロエもヴァルフレートも驚いたが、夢のような光景に視線と指を搦《から》めて微笑み合う。

しかし、それは微笑ましい演出などではなかった。

式の後に馬車でパレードの最中も、どこからともなく花が舞い降りてきて、街道を埋め尽くした人々の頭上に降り注いだ。

その光景に歓声が上がり、次いでヴァルフレート王万歳、クロエ王妃万歳、とたくさんの声が上がる。

クロエも神秘的な光景に瞳を輝かせるが、ふと疑問が湧く。

（……どこから落ちてきているの？　誰が降らせているの？）

周囲を見ても仕掛け人らしき人物がどこにも見つからない。

花もあとからあとから振り続き、これを準備するのは大変だろうとすぐにわかる量になっている。

沿道に集まった人々は神の祝福だと確信し、ますます祝福の声が上がった。

今は誰も知らないことだが、この時に大聖堂や街に振った花や花びらは生花であるのに枯れなかったという。

記念にと持ち帰った多数の民がこの婚儀は間違いない奇跡で、神が祝福したもうた国王と王妃であると確信したという。

パレードから戻ったクロエとヴァルフレートはざわめきと共に王城に迎え入れられた。

本人たちは気付いていなかったが、身体がほのかに発光していたのだ。

日陰に入るとそれは顕著だったが、あまりにも神々しい様子に誰もが口に出して指摘することができなかった。

王城で蔓延《まんえん》していた、クロエが『王胎』なのではないかという噂はもはや隠し切れないほどに広まり、それを肯定する印であるように感じたのだ。

「なんだか、みんなよそよそしくないかしら?」

「クロエの美しさに感激しているのだろう」

そんな当たらずと雖《いえど》も遠からずな言葉を口にしたヴァルフレートは、クロエを伴って宴に参加した。

簡単な挨拶を述べ賓客の相手をした後、ヴァルフレートはおもむろにクロエの手を取って王城の奥へ消えた。

ここから宴は無礼講である。

しかし宴に参加した賓客も使用人たちも、固唾を呑んで二人が消えた廊下を凝視するのだった。

その共通した心境には、もしかしたら今夜『王胎』に王が宿るのかもしれないという期待があるのは仕方がないことだろう。


正式に夫婦になってから初めての夜――俗にいう初夜である。

アレンブラウで花嫁の準備は無言のまま行なわなければならないという風習があり、サンドラを含め侍女やメイドも口を白い布で覆っている。

大聖堂での婚儀よりも厳かな雰囲気が満ちており、着替えの最中も衣擦《きぬず》れしか聞こえないクロエの緊張は最高潮に達していた。

（こういう時は冗談や軽口で緊張をほぐしてほしいのに……！）

もちろんヴァルフレートと床を共にするのは初めてではないが、周囲からのピリピリとした雰囲気が、クロエを不安にさせた。

ガウンを着せられてすべての準備が整うと、サンドラたちはクロエに一斉に頭を下げた。

距離を感じて少し寂しくなったクロエだったが、次の瞬間みんなが無言のまま両の拳を握り『頑張って！』と激励してくれた。

しきたり上話せないためそうせざるを得なかったのだろうが、その中でもなんとかクロエに気持ちを伝えたいと思ってくれた心が嬉しい。

クロエはによによと頬を緩められるだけ緩めて、自分も両の拳をぐっと握りそれに応えた。

女よりも支度の遅い男はいない。

寝室に入ると、既にヴァルフレートはベッドの上で寛《くつろ》いでいた。

「ヴァル」

声を掛けると、おもむろに体を起こし、じっとクロエを凝視する。

「……どうしたの？」

ベッドに腰掛けると、ようやくヴァルフレートが身動きした。

「なんだか、今日は美しいな？」

そう口にしたヴァルフレートは、すぐに否定する。

「いや、いつもは美しくないということではない。今日は特に美しいということだ」

「ふふ……おかしなヴァル」

ヴァルフレートがクロエの容姿を含めて気に入ってくれていることは、もう骨の髄まで知っている。

それこそこれまでに閨で何度も囁かれたからだ。

初夜のためのリップサービスかと思ったクロエだったが、それは間違いだった。

ヴァルフレートはまるで初めてのときのように丁寧に情熱的にクロエを蕩かせた。

何度も達し、中が十分解れているのに執拗に隘路を攻める。

果ては溢れた蜜を舐め啜《すす》り、クロエを驚かせた。

「ちょ、ちょっとヴァル！　そんなことしなくても……っ」

「したいんだ。クロエを隅々まで愛したい」

そう言うと再び熟れ切ったクロエのあわいに舌を這《は》わせる。

愛を感じるだけに嬉しいのだが、自分だけが乱れて気持ち良くなってしまうのがどうしても申し訳ない気持ちになってしまう。

（でもわたしが攻勢に転じても、結局返り討ちに遭ってしまう……っ）

焼きもちを焼いたときのアレを思い出し、クロエは必死に耐えようとするが結局訳がわからないほどに翻弄され息も絶え絶えになる。

「は、あぁ……っ、ヴァル……もう、お願い……っ」

このままでは身体も頭も蕩けてしまうという危機感から、クロエは自分からヴァルフレートに強請《ねだ》る。

理性が働いていればこんなことはしないのだが、今夜のヴァルフレートは驚くほどにねちっこい。

既にサンドラたちが初夜のためにと準備してくれた夜着もどこかへ放り投げられ、生まれたままの姿で組み敷かれている。

「あぁ、もっとクロエを蕩けさせてあげたかったが……クロエの望むままに。愛している」

ヴァルフレートの言葉に、今よりもっと長い時間されてしまう可能性もあったのかと思うとぞっとする。

ヴァルフレートは見せつけるように屹立《きつりつ》を数度扱《しご》くとクロエの喉が鳴った。

はしたなかったとクロエが気まずげに顔を背けるがヴァルフレートは嬉しそうに目を細める。

そしておもむろにあわいに切っ先をひたりとあてゆっくりと腰を進めた。

「ふ、あ……ぁん……っ」

隘路を進んでくる覚えのある感覚に身体が震える。

ヴァルフレートの屹立で与えられる快楽に、クロエの蜜洞はさざ波のように震えた。

それがまたヴァルフレートに笑みを深めさせる。

「は、我が妻は本当に素直で可愛らしい……もう嫌だと言っても絶対に手放してなどやらないからな。覚悟するといい……っ」

絶対と耳元で囁かれ、彼の本気を感じ取ったクロエは身悶《みもだ》えするほどに歓喜した。

「そんなの……望むところだわっ、絶対に離さないでね……っ」

ヴァルフレートの執着心にクロエは安心して身を任せる。

彼が求めてくれるから、自分も同じだけ求めていいのだと思えた。

（いいえ、ヴァルよりももっと欲しいと思ってしまうわたしは強欲ね）

誰にも渡したくないもっと欲しいなんて、食べきれない量の菓子を両手に抱える子供のようだと思いながらも、クロエは腕を伸ばしてヴァルフレートに抱きつく。

当然のように唇が重なり、次第に口付けが深くなる。

舌を絡めながら瞼を閉じて身体の感覚を研ぎ澄ませた。

ヴァルフレートの猛《たけ》る雄芯はクロエの蜜洞を余すところなく愛する。

浅いところを焦らすように抽送したかと思えば、奥のほうを執拗に捏ねまわす。

既に弱いところもいいところも知り尽くしているため、どこを突けばクロエがどのように善がるのか手に取るようにわかるのだろう。

ベッドが軋むほどに腰を打ちつけながらクロエの舌を吸い上げる。

唇が解けて大きく息を吸った拍子に激しく中を突かれたクロエは、思わず大きな嬌声《きょうせい》を上げてしまう。

「ひあ、ああ――っ！　ヴァル、あっ、や、だめ……っ」

いくら初夜とはいえ、いや初夜だからこそ声は極力出さないようにしようと思っていたが、そんな考えはあっという間に吹っ飛んでしまう。

ヴァルフレートはまるで初めてクロエを抱くような飢えがあった。

やがてその激しさもすべて快感に昇華していく瞬間を迎えたクロエは、最奥を突かれびくりと腰を戦慄かせる。

「ふあ、あっ！　はぁ……っ、あぁ……、んんっ」

「クロエ……ああ、最高の気分だ……」

奥を何度も穿《うが》ち先端をぎゅうぎゅうと押し付けられると、なにかがせり上がってくるような感覚になる。

あれ、これはなに？　と思っているうちにそれは大きく膨らみ、クロエの中で大きく快感の芽が弾けた。

「ぁ……っ、ひあぁ……っ！」

食いちぎらんばかりにヴァルフレートの陽根を締め付け、クロエは極まる。

顎を大きく反らし喉笛を晒《さら》して細かく痙攣したクロエの隘路で、ヴァルフレートが再び激しく腰を振るう。

「や、あぁっ、待って、今……っ、ふ、あぁ……っ」

中が特に敏感になっているところに追い打ちを掛けられて、前も後ろもわからなくなったクロエは手を伸ばしてヴァルフレートを求める。

それに応えるようにヴァルフレートは、吐息混じりにクロエの名を呼ぶ。

「クロエ、……クロエ。俺の最愛……っ」

「はぁ……っ、ヴァル、ヴァル……っ」

低く染み入るような声に安堵して、身体の強張りが解けた。

隘路を満たす雄芯がひときわ大きく脈動し、ヴァルフレートが果てる。

びゅくびゅくと注ぎ込まれる子種の音まで聞こえるような気がして、クロエは感じ入ったように小さく弱い声を上げる。

「あ、あぁ……っ」

「クロエ……」

二人は汗ばむ身体を抱きしめ合い、荒い息を落ち着かせた。

呼吸が戻ると、ヴァルフレートは蜜洞に収めていた自らを引き抜く。

まだ芯を残したようなヴァルフレートの雄槍の感触にぞわぞわとしながら、クロエは大きく息をつく。

だが、すぐにまたピトリとヴァルフレートの先端が宛がわれて目を剥《む》く。

「え、どうしたの？」

それにつられるように瞠目《どうもく》したヴァルフレートも声を上げる。

「え？　今度は別の体位で愛そうと思ったのだが？」

「え？」

今終わったばかりではないかと言いたげに眼力を込めるクロエに、ヴァルフレートはわかっていると言いたげな明るい顔で微笑む。

「何度もクロエを愛するのに、さっきと同じ体位で挿入しようなどと手抜きをする気はない。クロエにはいろんな体位で満足してほしいからな」

ヴァルフレートは混乱しているクロエの身体を軽々とひっくり返し四《よ》つん這《ば》いにさせる。

そうするとさきほど放った白濁が蜜口からとろりと滴り、クロエは思わず腰を震わせた。

「ひあっ、そんな、不満なんて……」

不満なんてないと言いかけたが擦り付けられたヴァルフレートの昂ぶりはもうすっかり力を取り戻しており、固くなった雄芯をあわいに添わせて擦り上げられる。

白濁とクロエの蜜を纏った雄槍がクロエの張りのある尻たぶを撫でると、中が期待に収縮するのが

わかった。

「せっかく中に出したのに垂れてしまってはもったいないからな……奥に戻してやらねば」

いやいや戻さなくても……と言う間もないほどヴァルフレートは素早く後ろから押し入る。

いつもとは逆側をゴリゴリと刺激され、クロエは顎を反らせた。

「ああっ！　は、あう……っ、ヴァル……っ」

きゅうと締まる蜜壺の具合が良かったのか、ヴァルフレートはリズミカルにクロエを穿つ。

パンパンと尻と腰が当たって乾いた音を立てるのがひどく恥ずかしい。

その音に淫らな水音が混じり始めると、ヴァルフレートは器用に腰を回して蜜洞を余すところなく刺激していく。

確かな快楽がとめどなく溢れてきたクロエは、押し流されそうになって四肢に力を込める。

だがそれがヴァルフレートを刺激することになり、陽根は歓喜するように膨張し硬度を増す。

思わぬ梃入《てこい》れに短く声を上げながら、クロエはもがくようにしてシーツを掻いた。

「ヴァ、ヴァル……っ、あ、ヴァル……っ」

過ぎる快楽のあまり身体を支えていられなくなったクロエは、腰を高く掲げるような格好でヴァルフレートを呼ぶ。

急に不安になったのだ。

「ヴァル、お願い……顔が見たいの……キスしてほしい……っ」

顔が見たい、ヴァルフレートと愛し合っているのだという実感が欲しい。

ヴァルフレートの顔が見たい。

快楽に蕩け切った声でそう告げると、後ろから穿つ動きが止まり、猛りきった剛直が勢いよく抜かれた。

「ひぃんっ！」

あまりに性急な動きに全身を震わせたクロエを反転させ膝に乗せ、再び隘路を侵す。

「んんぅ、うう……っ」

同時に唇を塞がれたクロエはヴァルフレートの首に腕を回す。

より密着する体位でクロエの乳房は固い胸板で押し潰され、尖った乳嘴がビリビリと刺激に晒された。

「あっ、ああ……っ駄目、こんなの、おかしくなっちゃう……っ」

上からも下からも与えられる過ぎた快楽に堪らず腰を上げたクロエだったが、逃げた分だけヴァルフレートが間合いを詰め腰を押し付けてくる。

どこにも逃げ場がなくてすすり泣くような声を上げたクロエのこめかみに、ヴァルフレートが口付けた。

「クロエ、クロエ……あぁ、堪らない、好きだ……っ」

ヴァルフレートの放った白濁とクロエの蜜が混じり合い、接合部で空気を含む泡となって耳を覆いたくなるような淫らな水音を立てる。

ベッドに横になって交わるのとは違う快楽に腰砕けになってしまわないようにしたいのに、ヴァルフレートの激しい突き上げがそれを許さない。

それでなくても彼が与えてくれる快楽には弱いクロエは、ひっきりなしに甲高い声で鳴きながら翻弄される。

まるで嵐の夜の小舟のようになにもわからない。

ただ放り出されないように必死にヴァルフレートにしがみ付く。

「ヴァル……っ、わたしもうだめ……いっちゃう……っ」

「ああ……クロエ……俺も一緒に……っ」

一際深いところを突きあげたヴァルフレートをクロエの蜜洞がきつく締め付ける。

ほぼ同時に達した瞬間、クロエは身体がポーンと宙に投げ出されるような心地になった。

視界が真っ白になり、目の前では更に明るい光が明滅を繰り返している。

(なに……、なんだかあたたかいような、懐かしいような……)

僅かに畏れを感じるそれがなんなのか、クロエにはわからなかった。

それからおよそ三ヶ月、クロエが妊娠していることが判明した。

ヴァルフレートは喜びクロエを持ち上げてクルクルと回ったが、サンドラとユルゲンがそれを慌てて止める。

「あぁ、すまない。あまりに嬉しくて。これからは気をつけよう」

医師や周囲の勧めで広く発表するのは安定してからということになり箝口令《かんこうれい》が敷かれたが、どういうわけかみんながクロエの体調をこれまで以上に気に掛けてくれるようになった。

「もしかしてどこからか情報が漏れたのでは？　こんな大事なことを漏洩《ろうえい》させてクロエの身に危険があったらどうする……っ」

由々しき事態にヴァルフレートが怒り心頭でいると、ユルゲンが言い難そうに口を開く。

「ああ、その……実は結婚式以降、クロエ様は神が遣わした謂《い》わば天使のような扱いを受けておりまして……妊娠の事実がバレたのではなく、人々のクロエ様を敬う気持ちが高まった結果といいますか……」

「……王胎の件がバレたということか？」

ヴァルフレートが訝しげに首を傾げると、今度はサンドラが口を開く。

「バレたと言いますかみなもう知っているというか――大聖堂での挙式の際、そして王都をパレードした際、どこからともなく花が降り注いだことはご承知でしょう。誰の仕業なのか調べていますが、結局現在まで判明しておりません」

確かにあれだけ大量の花を人に気付かれずに万遍なく撒《ま》くのは不可能だ。

「それにクロエ様や陛下のお身体がキラキラと輝いて見えたという証言が多数ございます。神が遣わした天使というのは、その辺りからきているようです」

「まあ、クロエは俺の目から見ても天使に勝るとも劣らないからな」

得意げに口角を上げるヴァルフレートに「左様ですね」とサンドラが肯定する。

二人ともクロエのこととなると強火勢なのだ。

その様子を見て、ユルゲンがやれやれとため息をつく。


順調に時は流れその年の冬、クロエは無事に出産を果たした。

生まれたのは玉のような男児で、早くも世継ぎの誕生だと城内が沸いた。

「クロエ……ああ、ありがとう。大変だったな」

「ふ、ふふふ……まさかこんなに大変だとは思わなかったわ……今度子供を産むときはどうかヴァルが産んでね……」

青い顔で軽口を言ったクロエは生まれたばかりの嬰児《みどりご》をヴァルフレートに渡す。

クロエの頬にキスをするとヴァルフレートは我が子をそっと抱き上げた。

ウゴウゴとしていていまいち実感がないが、それでもこのあたたかく腹の底から湧き上がってくる気持ちに言葉をつけるとすれば、それは間違いなく『愛しい』である。

「あぁ、任せておけ。よろしくな、我が子よ。俺とクロエの元に生まれて来てくれてありがとう」

潰さないように細心の注意を払って抱き締めたそのとき、国中に花が降った。

それはクロエとヴァルフレートの結婚のときと同じ、枯れない花が舞うという現象だった。

冬の寒空の下それは紛《まが》うことなき奇跡であると、アレンブラウ国ではとこしえに語り継がれることとなる。

第六章　国王は王妃の野望を知っている

ヴァルフレートが即位したアレンブラウ国はまさに順風満帆だった。

前王の不正をしっかりと正したことが評価され、国民からの支持も上々。

周辺国へもしっかりとフォローの手を回したことから、大国ルグオレアの友好国として認められつつある。

そしてこのたび、アレンブラウ国国王と王妃はルグオレア国への招待状を受け取った。

彼の国の国王、つまりアルフォンスの兄にこの度王女が誕生したため、その祝いの宴への出席を求められている。

長年滞在し国王とも面識があるヴァルフレートはもちろん参加するのだが、クロエも是非、と強い求めに応じた形だ。

「本当にわたしまで来て良かったのかしら」

通常であれば婚姻や葬儀以外で王妃を帯同することはほぼない。

王が不在の間、国を守るのが王妃の務めと考えられているだからだ。

「問題ない。アレンブラウを国王と王妃がいなければ立ち行かない国にはしたくないからな。それに優秀な留守番役がいる」

ヴァルフレートとクロエの間に生まれた子供はミカエルと名付けられ、特に大きな病気も怪我もなく、すくすくと育っている。

一歳にもならない子供を残して国外に出ることは心配だったが、筆頭侍女のサブリナが乳母と共にミカエルの側についてくれているし、政の面では宰相となったメリオルト公爵が留守を預かってくれていた。

心配することはないと肩を抱き寄せられたクロエは、口許に笑みを刻んで馬車の揺れに身を任せる。

クロエの中には懸念がある。

それはどうしても公にはできなくて、クロエはそのせいで気が重い。

馬車の車窓から外の景色を見るクロエの横顔に憂いが混じるのを、ヴァルフレートはじっと見つめていた。

ルグオレア国の王都へは馬車で十二日ほどかかるが、旅慣れないクロエに配慮してか旅程を緩やかに取ってある。

お陰で身体を十分に休ませながら移動することができ、翌日はいよいよルグオレア国の国境を越えるというところまで来た。

国境で出迎えの騎士団と合流することになっている。

早めに就寝して明日に備えようと宿に落ち着いたクロエは、湯浴《ゆあ》みのあと寝支度を終えた侍女を下がらせるとバルコニーからの眺めに目を奪われていた。

「明日はとうとうルグオレアの地を踏むことになるのね……」

想いを口に出すと気持ちが昂《たかぶ》ってくる。

今夜は眠れないかもしれないと考えていると、用事を済ませたヴァルフレートが戻ってきた。

彼はバルコニーに出ているクロエが少々硬い顔をしていることに気付いて僅かに眉を顰める。

「緊張しているのか？」

「ええ、少し。それにミカエルのことが気になって」

幼い息子のことはもちろん気になるが、最大の懸念をクロエは隠す。

ミカエルを残してきているのに他国へ行くことへのワクワクが止まらず、どうしても後ろめたい気持ちになってしまうのだ。

「ミカエルは大丈夫だ。あれは人生二週目かと思うほどに賢い」

大真面目な顔でゆっくりと頷いたヴァルフレートに思わず笑ってしまう。

「ふふ、本当に。『寝る時間ですよ』と言うと寝るし、『ちょっと待ってね』というと身動きせず待っているんですものね。言葉を既に理解しているみたいで」

まだ喃語《なんご》しか話せないのに積極的に話しかけてくるし、かと思えば初めて見る人物のことを訝しげに見ていたりする息子のことを、サブリナや乳母は天才だと褒めそやす。

賢いのはありがたいが、それもすべてクロエが『王胎』であることの証左なのだと言われると申し訳なく思えてしまう。

（賢くても親が長期で不在となればさみしいに決まっているわ……やはりルグオレア国からの招待とはいえ外交は時期尚早だったのでは）

クロエの表情が曇ったが、すぐに驚きに代わる。

背後からヴァルフレートに抱き締められたのだ。

「ヴァル……？」

「いい機会だと思ったのだが、早すぎたか？　クロエを旅に連れて行きたくて焦っていたのかもしれない」

思いがけないことを言われてクロエは目を瞬かせる。

「旅に？　どうして？」

「以前旅をして他国に友人がいる俺を羨ましいと言っただろう？　クロエにアレンブラウだけではなく他の世界を見せたいと思った」

クロエは一瞬にして修道院の焚火《たきび》の夜に意識が引き戻されるような心地がした。

確かにクロエは一度だけそう言った。

しかしそれ以降は、ずっと心の中にしまい込んでいたことだった。

国王と王妃になったならばそうそう国を空けるわけにはいかない。

準備も根回しも煩雑になり、ちょっとそこまでという気持ちで軽々しく出掛けることはとてもではないができなくなる。

だからクロエは諦めていた。

今は他国に行くよりも自国を回り、失った信頼を回復することに努める方が先だ。

今回のように他国から招かれたとしても、よほどのことがない限りヴァルフレートが単独で行くことになると思っていた。

「そんな前にちょっと話しただけのこと、よく覚えていたわね」

「覚えているさ、クロエの言ったことならばすべて。いろんな国に行って、友人をたくさん作ろう。美味《おい》しいものを食べて美しい景色を見て……そういうことをクロエと共有したいが、どうだろう？」

耳元で囁くヴァルフレートが、クロエの身体を一層強く抱きしめる。

その分け与えられたあたたかさに、クロエは不意に涙腺を刺激される。

鼻の奥がツンと痺れて耐えられそうにない。

「そんなふうに思ってくれていたの？　わたし、ミカエルのことを顧みない酷い母親だと思われるのではないかと思っていたのに……っ」

懸命に震えを堪えたのに、どうしても声が潤んでしまう。

「なにを言うんだ。王妃として民に愛されるクロエも素晴らしいが、なんのしがらみもなく俺の隣で楽しそうにしているクロエが一番好きだからな」

その一言が駄目押しとなり、とうとう溢れてしまった涙をヴァルフレートが指で拭う。

「うう……っ、ヴァル、ヴァル……っ、わたしも好きよ……！」

本格的に泣き出してしまったクロエを正面から抱き直すと、ヴァルフレートは嗚咽《おえつ》に震える背中をゆっくりと撫で続けた。


翌日、一行は無事にルグオレア国に入り、迎えの騎士団長から挨拶を受けたあと丁寧に先導され予定通り入城となった。

「よく来たな！」

まさかのアルフォンス殿下に出迎えられるという驚きがあったが、クロエは努めて冷静に対応する。

「この度は王女殿下のご誕生、心からお祝い申し上げます。このような祝いの席にお招きいただきありが……」

お決まりの挨拶を述べるヴァルフレートの隣で笑みを浮かべていると、アルフォンスがバシバシとその背を叩く。

「堅苦しい挨拶は後だ！　さあ、こちらに！」

「挨拶くらいさせろよ……一応一国の王としてここに来ているのだから……」

苦い顔で応じるヴァルフレートだが、その表情には悪友と再会した喜びが見え隠れしている。

アルフォンスは友情から何度もアレンブラウに来てくれていたので、顔を合わせること自体久しぶりとは言えない。

だが、九年という長い時間を過ごしたこの国での再会には大きな感慨があるのだろう。

「クロエ殿も、よく来られた！」

満面の笑みで歓迎され、クロエも挨拶を返した。

王女の誕生と言っても、通常の招待客に逐一赤ん坊を見せて回るわけではない。

豪奢《ごうしゃ》なおくるみに巻かれた王女を遠くから拝見し言祝《ことほ》ぎ、そして宴に侍る。

（……とはいえ、やはりヴァルは特別なのね）

アルフォンスの案内で奥に通されたクロエとヴァルフレートは、国王夫妻と王女に謁見が叶《かな》った。

長く滞在していたとはいえ、公式に留学していたわけでもないのにも関わらず国王と王妃と打ち解けられているのはさすがとしか言いようがない。

「ヴァルフレートも一国の王となり、良き伴侶を迎えたのは喜ばしいことだ」

アルフォンスの兄でもあるルグオレア国国王バッティスタは朗らかに笑う。

「すべてバッティスタ様とアルフォンス様のお陰です」

殊勝に礼を述べるヴァルフレートはリラックスした様子で、クロエはそれを微笑ましく見ていた。

「クロエ様は男の子をお産みになったのですよね」

王妃ジョアンナが僅かに緊張した様子で話しかけてくる。

向こうは男同士で積もる話もあるだろうしと、クロエは身体のをジョアンナに向けて話し始めた。

「ええ。ミカエルと言って、もうすぐ一歳になります」

「ミカエルちゃん……クロエ様とヴァルフレート様の御子《みこ》ならさぞや可愛らしいのでしょうね」

目を細めるジョアンナには子供たちの輝かしい未来が見えているようで、クロエも釣られて笑顔になる。

「王女様もとてもお可愛らしいですわ。目元がジョアンナ様にそっくりで」

少し垂れ気味の目は優しさを感じさせ、見るものをことごとく魅了するだろうと思われた。

長じれば王女を求めて列ができるだろうことは必至。

「口と鼻は私に似ているのだ！」

急にバッティスタ王が話に入ってきた。

娘を自慢するチャンスを少しも逃すまいとしているのだろう。

些《いささ》か食い気味に身を乗り出したバッティスタ王に目を丸くしたクロエだったが、すぐに気を取り直して笑みを浮かべる。

「ええ、わたくしもそう感じておりました。お二人に似て、万人に愛される王女様ですわ」

クロエの言葉に満足したのか、バッティスタ王は「そうだろう、そうだろう！」と満足げだ。

早くも親ばかであることを隠そうともしない様子にクロエの笑みが深まる。

ヴァルフレートの隣でアルフォンスが眉を顰めた。

「……俺も子供が生まれたらあぁなるのか？」

「なる。確実になる」

もっともらしい顔でヴァルフレートは頷いたので、その場はたいへんに盛り上がった。

王女の負担になるかもしれないのでそろそろ、と謁見が終了されようかというとき、ジョアンナが遠慮がちにクロエに話しかける。

「あの、もしお嫌なら無理にとは言わないのですけれど」

酷く恐縮した様子が気に掛かり、クロエが首を傾げ先を促すと、ジョアンナが続ける。

「この子に祝福を授けてはいただけないでしょうか」

腕に王女を抱いたジョアンナの真剣な眼差しに、クロエは思わず息を詰めた。

祝福とは一般に聖職者が与えるものである。

修道院に十年いたとはいえ、見習いの身分だったクロエにはその資格がない。

戸惑いを隠せずにいると、ジョアンナは必死に言い募る。

「クロエ様は神に祝福された『王胎』と伺いました。ご成婚の際には天から枯れない花が舞ったとも。クロエ様にこの子の未来がより輝かしいものであるよう願ってほしいの……駄目かしら？」

ジョアンナの必死な言葉にクロエは微笑む。

子を想う親は王族だろうと平民だろうと同じということだ。

王妃という、女性として国の最高峰にあるはずのジョアンナの慎ましい願いがひどく愛おしく感じられる。

「『王胎』かどうかは正直わかりませんが……わたしでよろしければ、王女殿下のために願わせてくださいませ」

そう言うとジョアンナは不安げだった顔をパッと明るくした。

クロエは王女をおくるみごと預かると身体をやんわりと揺らす。

腕の中で王女はきょとんとした顔をしている。

両腕に懐かしい重みとあたたかさ、そして甘いミルクの香りが漂ってきて顔が綻ぶ。

その繊細なまつ毛とふくふくとした頬に幸せを感じずにはいられない。

クロエは心から幸多かれと願う。

「王女様、マリカ様。あなたの行く先が光で満《み》ち溢《あふ》れますように。愛する人と手を携えて歩んでいけますように。花が咲くように、あなたとあなたの愛する人が笑顔になれますように」

覗き込んだ王女と目が合ったような気がして目を細め額に口付けを贈ると、それに呼応するように王女が笑った。

きゃっきゃと手を動かしてなにかを掴むような仕草をする。

まだ目もよく見えないだろうに、不思議なものだと思いながらジョアンナに王女を返す。

「ありがとうございます。よかったわね、マリカ」

バッティスタ王も彼女に寄り添い感謝の言葉を紡ぐ。

「『王胎』だと言われたせいでご苦労もあったと聞く……本当にありがとう」

謁見が終わった後、再び宴の席へ戻った二人は適度に社交をこなし、割り当てられた部屋へ下がった。

クロエは張り詰めていた緊張を解き、ほうとため息をつく。

「王女様、とても可愛らしかったわね」

「ああ。女の子もいいな」

急にいい声で思わせぶりなことを言われたクロエは、ぎくりと身を強張らせた。

ヴァルフレートの手が腰のあたりに触れている。

その仕草に隠し切れない熱を察知し、顔が熱くなるのを感じた。

慌てて周囲に目を配ると侍女やメイドが音もなく部屋から出て行くところだった。

(ううっ、さすが機を見る目が鍛えられている!)

クロエは胎の奥が痺れるような衝動を感じながらも、小声で尋ねる。

「ねえ、王族って招待された他国の寝室で、その……していいの?」

自国ならともかく、他国のメイドたちにそういうことが知られるのは恥ずかしいことではないのか?

しかしヴァルフレートはまったく気にした様子もなく、当然のことのように上着を脱ぐ。

「もちろんだ。他国を訪れたときの行為で子を授かった場合、その国王が後見として子供の名付け親になることもある」

「う、嘘! それはさすがに嘘よ!」

顔を真っ赤にしてじたばた抵抗するクロエを優しく抑え込んだヴァルフレートは、ドレスを脱がしにかかる。

「嘘じゃない。そんなに夫の言葉を疑うのなら、証明してみよう」

「しょ、証明？　まさか」

バッティスタ王やアルフォンス殿下に確認をするつもりなのかと目を見開いたクロエの想像を、ヴァルフレートは軽々と超えてきた。

「実際にこの場で子を成してみればわかる」

ねっとりと口付けをされ、クロエは言葉を失う。

「そ、そのためにするなんて駄目よ！」

なんとか正気になってほしいクロエはヴァルフレートを押《お》し退《の》けるように腕を突っ張るが、本人は不本意そうに眉を顰める。

「そうじゃない。クロエだって王女が可愛いと思っただろう？」

「それはもちろんそうよ！」

でもそれとこれとは話が違うと続けようとして、ヴァルフレートの瞳に真摯な光が宿っているのをみつけ、言葉を失う。

「王女を腕に抱くクロエを見て、クロエに似た女の子が欲しいと強烈に思ったんだ」

クロエの腕に王女を抱いたときの感覚が甦《よみがえ》る。

心がぐらぐらと揺れ動く。

「それにミカエルにきょうだいが必要だと思わないか？　きっと彼の人生も豊かになると思う」

脳裏に幼かった頃の可愛らしいエミーディオが思い浮かぶ。

足元がおぼつかない頃から「あねうえ、あねうえ」とクロエを慕って後を付いてきた。

エミーディオがいたから頑張れたこともある。

絶対にできないと思っていたことも、エミーディオの誇れる姉でいたいという気持ちで達成した記憶が確かにあるのだ。

確かにきょうだいがいることは人間的な成長を助けることになるだろう。

クロエの心は更に揺さぶられる。

「……女の子じゃないかもしれないわ」

小さく呟くクロエに、ヴァルフレートは笑みを深めた。

「もちろん男の子が二人でもいい。三人目が女の子でもいいし、三兄弟でもにぎやかでいいだろう」

話が広がって人数が増えていくのを聞き、クロエは思わず吹きだす。

「ふふっ、そんなことを言っていたら、子供が何人いても足りないわ」

「何人いてもいい。その分幸せが増える」

熱を孕んだ視線が近距離で絡まり、瞼を伏せながら唇を重ねた。

すぐに舌が入り込みゆっくりとすり合わせられる。

じいんと頭の芯が痺れ、血と共に全身に回る感覚を、まるで毒のようだと感じた。

（確かに毒されているのかも……もうヴァルと離れていられる自信がないもの）

中毒性が強いと笑うとヴァルフレートが口付けを解いた。

「クロエ？」

どうしたんだ？　という顔を向けるのがなんだか可笑しくて、クロエは肩を竦めた。

「なんでもないのよ。ただ、ヴァルに似た女の子も可愛いだろうなと思って」

そう言ってクロエから口付けると、ヴァルフレートは複雑そうに眉間にしわを刻む。

「いや、それはないだろう。俺に似た女の子なんて、不愛想に決まっているじゃないか……可哀想すぎる」

心底困るという苦り切った顔が珍しくて、クロエは声を上げて笑ってしまった。


宴から三日後、王と王妃それにアルフォンスも好きなだけ滞在してくれていいと言ってくれている中、後ろ髪を引かれながらクロエとヴァルフレートはルグオレアを辞した。

その三日というのも当初から予定されていた日程で、これでも長く滞在し過ぎたと思っていたクロエだったが王族のものとしては短いほうらしい。

それでも王城にミカエルを残してきているからと言うと、残念そうに納得してくれた。

王族が外まで見送ってくれるという破格の待遇にどぎまぎしながら、クロエとヴァルフレートは別れを告げる。

「せっかくお友達になれたのに」

この数日間の交流がよほど楽しかったのか、ジョアンナがそう漏らすのを聞き、クロエは胸がいっぱいになる。

異国の友が、自分との別れを惜しんでくれていることが鎖骨のあたりをキュウと軋ませる。

「お手紙を書きます。皆様どうぞ健やかで」

「お手紙お待ちしているわ。それに、また絶対にいらしてくださいね。今度は是非ミカエルちゃんも一緒に」

「ええ、もちろん」

笑顔で応じるとジョアンナは、ようやく吹っ切れたように破顔する。

ジョアンナ王妃が握手のあとハグをしてきたので、クロエも同じようにして返す。

王女のことも抱っこさせてもらい、バッティスタ王とも握手を交わした。

アルフォンスは国境まで同行するとのことだ。


「随分義姉上と打ち解けたな」

王城の中にいたよりも随分と気を抜いたアルフォンスに話しかけられ、クロエは笑顔になる。

「とても気さくな方で……バッティスタ王も良くしてくださいましたし」

ジョアンナから『お友達』と言われた余韻に浸っていると、ヴァルフレートがクロエの肩を抱いた。

「同じ立場で悩みや喜びを共有する友人ができたのは、クロエにとってもジョアンナ王妃にとっても大きな財産となるだろう」

「ジョアンナ様にも？」

驚いてパチパチと瞬《まばた》きをするクロエに、アルフォンスが頷く。

「ああ。義姉上は公務はそつなくこなされるが、警戒心が強いというか、引っ込み思案というか……本来はなかなか打ち解けない方なのだ」

誰とでもすぐに友達になれる人だと思っていたクロエは意外に思っていると、アルフォンスは目を細めた。

「兄と私は、クロエ殿が場の空気を優しいものにしてくれたからこそだと思って感謝しているのだ」

聞けばジョアンナ王妃は他国から嫁いできた関係で、あまり親しい友人がいないというのだ。

そこに現れたのが、同じ王妃という地位にあり最近出産しているというクロエ。

親近感を抱くのはもちろん、『王胎』という噂がまことしやかに流れる人物であれば是非に友人になりたいと思うのが人情であろう。

「なるほどな。バッティスタ王の引き止め方がえぐいと思っていたがそういうことか」

「ああ。もしミカエルを連れて来ていれば、クロエ殿と子供だけでもしばらく留《とど》まるように説得されていた可能性すらある」

「俺だけ帰れと」

その状況を思い描いたのか、ヴァルフレートは気色ばんで声を固くした。

二人の間に一触即発の緊張感が漂う。

まさかそんなことはないだろうと思うが、アルフォンスの表情を見るとそうとも言えずクロエは口を噤む。

だがすぐに気付いたように笑いを漏らす。

「ふふっ。男性同士のやりとりって、真に迫っていて驚きますね」

じゃれ合う間柄なのだと知らなければ『やめて、わたしのことで争わないで』とでも言って止めに入る場面だろう。

「あれ、本気だったんだけどな」

「俺もだ」

「あ、あら？」

じゃれていたのではなかったのか、と空気を読み間違えたクロエは慌てるが、今度こそヴァルフレートとアルフォンスは笑い出す。

「ははは、こうでなくてはヴァルフレートの相手は務まらないか。私もクロエ殿のような妻が欲しくなってきた」

「クロエは俺の妻だからな。手を出すな」

男同士の微妙な語り口調がわからずに、今はどっちなのだと目を白黒させると、ヴァルフレートとアルフォンスはまた笑うのだった。


国境付近でアルフォンスと別れ、馬車の中は急に静かになった。

「なんだか寂しいわね」

「そうか？　アルフォンスならいつでも会える」

またそういう心にもないことを言う、と唇を尖らせるとヴァルフレートがクロエの手を握った。

「ルグオレアはどうだった？」

ヴァルフレートの声が、アルフォンスもいたときとは違い、深みを増していることに気付く。

二人だけの時間が来たのだと否応なしに意識され、心臓がドキドキとなにかを期待するように早鐘を打ち始めた。

「とても勉強になったし、それ以上に楽しかったわ。外交に初めて訪れた国がルグオレアで本当に良かった」

素直な感想を述べると、ヴァルフレートの瞳が細められる。

頬を紅潮させるクロエの瞳は、まるで子供のようにキラキラさせていた。

「よかった、俺はこんなクロエが見たかった」

こんなってどんなだと尋ねようとしたが、ヴァルフレートの意味深な笑顔に黙らされた。

その笑顔に彼も喜んでくれているのだと知れ、クロエの胸はあたたかなもので満たされる。

「わたし、ヴァルと出逢えて本当によかったわ」

抱き寄せられたヴァルの肩に頭を預けて、クロエは心地よい揺れに身を任せた。


無事アレンブラウに戻った三か月後、なんとクロエに第二子妊娠の兆候が見られ、ごく近しい者たちに喜びが沸き起こった。

特にヴァルフレートの喜びようは誰の目から見ても明らかであった。

安定期に入ってからそれを公表すると、隣国ルグオレアから祝いの品が届く。

「……なにも王弟殿下自ら祝いの品を届けに来なくてもいいのだぞ」

「なにを言う。俺とクロエ殿の仲だぞ?」

どんな仲だと睨みながらも、ヴァルフレートの瞳の奥には喜びが滲《にじ》み出《で》ていた。

「わざわざありがとうございます、アルフォンス様」

クロエも心からの謝意を伝えると、アルフォンスは「礼には及ばない」と首を振る。

「ルグオレアでは兄と義姉と私とで、新しく生まれてくる子供の名付け親に誰がなるのかと騒ぎになっていてな。実績作りのためでもある」

ニヨニヨと口許を綻ばせ一歩リードだと得意げな顔をするアルフォンスに、クロエが小首を傾げる。

「ええと……名付け親とは……?」

クロエの脳裏にルグオレアでの一夜のことが過るが「まさかそんなはずはない」と打ち消す。

しかしその甲斐もなくアルフォンスが堂々と胸を張った。

「時期を計算すると、丁度我が国に来ていたときに仕込んだ御子だろう？　古からの習いに従い、ルグオレアの王族が生まれてくる子供の後見となり、名付け親の栄誉を受けるのだ」

「……っ！　あ、うぁ……っ、あ、ヴァル……？」

ギギギ、と油の切れた機械のような珍妙な動きでヴァルフレートを見ると、くもりなき眼で『だからそう言ったじゃないか』と頷いた。

（本当に、本当なの⁉）

クロエは心の叫びをなんとか気合で呑みこみ、笑顔を作る。

関係各所に問い合わせたところ、そういう風習があったことは確認できたが、後見する側の負担が大きいため現在では実際に後見をすることはほとんどないという。

だが、ルグオレアは大国。

その大国のほうから後見したいと言ってきてくれることは、アレンブラウにとって願ったり叶ったりだ。

これからも是非仲良くしていきたいというのは、アレンブラウ側の偽らざる本音であることは間違いない。

おまけに現国王ヴァルフレートが長く世話になったことや、王族同士仲が円満であることなど、断る理由がどこにも見つからないのだ。

「クロエが気に病むことではない。いいことずくめだ」

「でも、結局ご迷惑をかけてしまったような気がして」

仲良くするだけならこちらからお願いしたいくらいだが、『後見』というものは伊達《だて》ではない。

責任をルグオレア国王やジョアンナ王妃、そしてアルフォンスに負わせてしまうことが申し訳なく思ってしまうのだ。

「迷惑などではない。みんなでクロエが産んでくれる子供を愛しているということだ。もっと周りを信じてほしい」

「……ええ、そうね。とてもありがたいことだわ。わたし、元気な子を産むわね！」

吹っ切れたクロエは十月十日を恙《つつが》なく過ごし、可愛らしい女の子を産んだ。

王女はルグオレア国からディアナと言う名を贈られすくすくと育ち、両国の強固な絆《きずな》の証となる。

ヴァルフレートはその後も精力的に国のために尽くし賢王と呼ばれ、アレンブラウを大国ルグオレアと並び立つまでの地位に押し上げた。

その隣にはいつも王妃クロエの姿があったという。

二人は稀《まれ》に見るほど仲の良い王と王妃として名を残した。

番外編

妻に関する記憶力

ヴァルフレートは元々記憶力がいい。

政のこともそうだし、人の名前や顔なども一度見たら忘れないという。

常々すごいことだと思っていたクロエだったが、その優れた記憶力が一番力を発揮するのが自分に関することだと知ったときは、さすがに眉を顰めた。

「どうして……」

「どうしてって、他ならぬクロエのことだからな」

本人はなんでもないことのようにそう宣う。

思い返せば、確かにヴァルフレートは昔ちょっと言ったことなどもよく覚えている。

ルグオレアに二人で行ったときのきっかけも、クロエが修道院に居た頃に何気なく零した一言だった。

夫からの多大な愛を感じるものの、現在置かれた状況を鑑みるといいことばかりとも言えない。

というのも現在、クロエとヴァルフレートは寝室のベッドの上で向かい合って座っている。

互いに夜着を身につけ、就寝してもいい状況だ。

もちろん愛し合う夫婦であるから、このまま夜の営みに雪崩《なだ》れ込《こ》むのはクロエとて吝《やぶさ》かではない。

しかしヴァルフレートから、「あの時言ってくれた、あれを」と言われて目が点になった。

「――あれ？」

「そうだ」

キリリと口許を引き結んだヴァルフレートの顔には、確固たる決意が見て取れる。

彼が言うあれとは、口淫のことだ。

確かに初めてヴァルフレートと結ばれる夜、初めてで臆するだろうと気遣ってくれたヴァルフレートに、クロエは「そこにキスしてあげたいくらいだ」と言った。

しかしその後なんとなくそんな機会がなく今日まで来てしまった。

（ヴァルだって今までなにも言わなかったもの、まさか楽しみにしていたとは思わなかったのよ！）

今更あれは言葉のあやだったとも言えず、クロエは固唾を呑む。

結婚して以降、数えきれないほど何度も交わったため、それを忌避するような気持ちはない。

ただ、一般的な閨の作法と言うよりも、上級者向けというか、心の繋がりより官能のほうを強く求める行為というイメージが先行しており、踏み切るには勇気が必要なことも確か。

躊躇うクロエの気持ちを察したのか、ヴァルフレートは足を崩して胡坐をかく。

「いや、絶対して欲しいというものではないんだ。無理強いする気はないから、気にしないでくれ」

そう言って流してくれそうになると、引き止めたくなるのが人情というものだ。

クロエはヴァルフレートの手を取ると、ぎゅっと力を込めた。

「違うの、嫌がっているわけじゃないの……ただ、作法を知らなくて」

この時クロエは、一旦持ち帰って勉強をしてから再度臨むつもりだった。

言葉は悪いが時間稼ぎというやつである。

しかしながら彼の夫は、そんなふうに考えてくれる妻の気持ちがよほどうれしかったらしい。

照れくさそうに破顔すると「作法なら俺が教えるから、気を楽にしてくれ」と告げた。


かくしてクロエは口頭で大まかなやり方を教わり、膝でヴァルフレートににじり寄る。

これまでの閨事と違い、いい感じのムードがあるわけではなく『さあ、ヤるぞ！』という気合が前面に出ているのがなんだか気恥ずかしい。

それでも愛する夫のため、クロエは覚悟を決めて夜着として纏ったガウンの上からそっと触れる。

既に兆しているそこは、触れるとピクリと反応する。

（ちょっと、可愛いかも）

クロエはガウンの合わせ目から手を差し入れ、直に手のひらに熱を感じた。

ヴァルフレートは眠るときは下着を身に着けないのである。

頭上で息を呑むのがわかって視線を上げる。

「痛くない？　大丈夫？」

ゆるゆると撫でさすりながら尋ねると、ヴァルフレートが天を仰ぐ。

「大丈夫だ……続けてくれ」

（言われた通りにしているつもりだけど、やっぱり難しいのね）

ただでさえデリケートな部分である。

本来なら人に触れられるのも憚《はばか》られる箇所なだけに、慎重にならざるを得ない。

そう考えたクロエは、ハタと気付く。

自分に触れるときのヴァルフレートの繊細な指や舌の動きが、まさにそれではないかと。

（そうよ、そうだわ！　ヴァルがわたしにしてくれるようにすれば……！）

気付きを得たクロエは、手を幹に添わせ軽く握ると上下に優しく刺激をする。

手の中で雄茎が勢いを増し、更に芯を持つのがわかった。

（あぁ、これで間違っていないのね）

自信をつけたクロエは大胆に、しかし雑にならないようにヴァルフレートを扱く。

徐々に先端から蜜が垂れるのを認め、恐る恐る唇を寄せる。

むちゅ、と触れると雄芯が反応するのがよくわかり、得も言われぬ感情がクロエの中に生まれたのがわかった。

それがなんなのか確かめたくて、バードキスの要領で何度も唇を先端や太い血管が浮く幹に押し付けると、ヴァルフレートが呻《うめ》き声《ごえ》を上げる。

「う、ク、クロエ……」

鍛えられたヴァルフレートの腹筋が戦慄くと、クロエの中にゾクゾクとしたものが湧き上がる。

（え、なにかしら……、食べちゃいたい……？）

自分の身体に起こった変化に戸惑いながらも、クロエは本能のまま口を開け、先走りに濡れたヴァルフレートの切っ先を口に含んだ。

「ん、んむう……っ」

正直に言えば美味しくない。

しかしヴァルフレートが愛しいという気持ちが膨れ上がり、恍惚にも似た感情が溢れるまま、手で竿を握りながら舌を使って愛撫《あいぶ》する。

「あ、クロエ……っ、離してくれ」

肩を強く押されたクロエが雄芯を解放すると、驚くべき動きでヴァルフレートが圧し掛かってきて押し倒される。

瞬きの間に形勢逆転したクロエは、目元を赤く染め息を荒くした夫にときめいた。

（こんなに荒々しいヴァル、初めて見るわ……っ）

「すまない、もう我慢ができない……！」

強引に膝を割り、あわいを覆う下着をずらすと、猛りきった切っ先をずぶずぶと挿入する。

「あ、あぁ……っ！」

前戯も施していないのに、クロエの蜜洞はぬかるみ、奥まで易々とヴァルフレートを呑みこむ。

「く、うぅ、あぁ……、なんて心地いい……」

噛みしめるように呻くヴァルフレートの脈動を感じて、クロエの中がキュウキュウと締まる。

ヴァルフレートの雄芯を愛撫したことで、まさか自分の秘部まで濡れてしまうなんて思わなかったクロエは恥じ入る。

「あっ、ヴァル……わたしそんなつもりじゃ……っ！」

快感に飛びそうになる意識を必死に繋《つな》ぎ止《と》め、震える声で弁解する。

しかしヴァルフレートは満足げに瞳を細め、クロエの乱れた髪を撫でた。

「そうなのか？　俺は元よりそんなつもりだったのだが」

ゆるりと腰を回してクロエの好きなところに当てると、捏ねるようにして先端を押し付ける。

その度にクロエの腰は跳ね、開きっぱなしの口からは嬌声が漏れた。

「ひ、あ！　あぁ……っ、ヴァル、や、待って……っ」

処理しきれないほど大きな快楽に呑まれそうになりながら、クロエは必死にヴァルフレートの背にしがみ付く。

ヴァルフレートの体温や荒い息遣いを感じるうちに、強張りが溶け一体感が増していく。

身体のどこもかしこもヴァルフレートを求めてやまない素直な自分が愛しくて、クロエはさらに強く抱きつく。

そうすると中までもがヴァルフレートを離すまいと締め付けた。

「クロエ、クロエ……っ」

ヴァルフレートの動きが早まり打擲音《ちょうちゃく》が響く。

引き締まったヴァルフレートの腰を挟むようにして足に力を込めたクロエが極まると、数瞬遅れて熱い迸りが放たれた。

「は、ぁ……っ、ヴァル……っ」

蜜洞が満たされてヴァルフレートとの僅かな隙間を埋めていくのがわかり、クロエは恍惚に顎を反らす。

ぬるま湯に揺蕩《たゆた》うような心地よさに、今にも意識が落ちそうになる。

「ヴァル……好きよ、愛しているわ……」

視界が潤み最愛の夫の顔が滲んでしまったため、睫毛《まつげ》を何度か瞬かせると目尻を涙が滑り落ちた。

「俺もだ。愛している、クロエ」

ヴァルフレートがクロエの言葉に応じると、瞼に口付けた。

その瞬間瞼の裏にふわふわと淡い光が映った気がして、クロエは目を開けた。

しかし目を開けてもそこにはなにもなく、ヴァルフレートが不思議そうに首を傾げる。

「どうした」

乱れたクロエの髪を掻《か》き上げ、露出した額と頬に口付けを落としたヴァルフレートが尋ねるが、よくわからないと首を横に振る。

案の定顔に「?」を張り付けたヴァルフレートだったが、肩の力を抜いてクロエの隣に寝転んだ。

「なにかあったらすぐに言ってくれ」

「うん。大好きよ、ヴァル」

あまりに自然に言われ、ヴァルフレートは思わず言葉に詰まったようだったが、悪戯っぽく上目遣いに見詰めてくるクロエと視線を合わせた。

「我が妻はなんと可愛らしいのだ、果てがない」

その顔には満足げな表情が浮かぶ。

クロエはヴァルフレートの胸板に強く抱きついて顔を埋めた。そして少し汗ばんだ体温と鼓動を間近に感じて目を閉じる。

(ヴァルの隣は気持ちがいいわ……)

このまま眠りに落ちたら幸せだと思っていると、身体もそう判断したらしく瞼が急に重くなる。

「ヴァル……」

眠りに落ちる前に名前を呼ぶ。

「なんだ?」

さして意味があったわけではないがヴァルフレートは律儀に返事を返してくれた。

それが嬉しくて、クロエは目が覚めたら一番に愛する夫にキスをしようと考えながら眠りにつくのだった。

あとがき

はじめましてこんにちは、小山内慧夢です。

このたびは『王を孕むなんて言われましても！　修道女ですが流浪の王子に溺愛されています』をお手に取ってくださりありがとうございます。

今回の本のタイトル、上の句が執筆中の仮タイトルとして付けていたんですけれど、私どうしても『孕む』という言葉を使いたかったんですよね。

タイトルに向かない漢字なのでは？　という助言もいただいたのですがイチ押しさせていただき、無事に決まったようで安堵いたしました。

そう、私、孕むという言葉が好きです。

元々子を宿すという意味ではなく、風を孕むとかスカートが靡くとか、動きのある意味で好きだったのです（本当です、嘘じゃありません、信じてください）。

多分歌の歌詞で出会った言葉だと思います。

漢字もどこかギリギリのバランスで成り立っているような、ソワソワ感がある気がして好きです。

本や文字と親しんでいると、自分なりに字の性格やイメージみたいなものを感じたりするのがとても楽しいですね。

私的に『孕む』の双璧は『歪』なのですがわかってくださる方います？　本当に好きなんですよね、歪。虐げられた正統という感じ、不憫とはまた違う哀愁。

イラストは里南とか先生がご担当くださいました。

清楚な修道女と影のある正体不明（すぐわかるけれど）の男をとても素敵に描いてくださって言葉もありません。先生には足を向けて寝られません！

それに主要キャラではない弟や隣国の王子まで描いてくださるなんて嬉しすぎる！

みなさま、里南先生の素敵なイラストを何度でも噛みしめてください。私はまだ感動を味わっています。里南先生、本当にありがとうございました！

そしていつも小山内の素っ頓狂なお話にお付き合いくださる読者のみなさま、締め切りを共に戦ってくださる友人先輩諸氏、この本に関わってくださったみなさますべての方に感謝と、この冬雪道で転ばないよう願いを込めておきます。

また別のお話でお会い出来ますように！

小山内慧夢

ガブリエラブックスをお買い上げいただきありがとうございます。
小山内慧夢先生・里南とか先生へのファンレターはこちらへお送りください。

〒110-0016 東京都台東区台東4-27-5 (株)メディアソフト
ガブリエラブックス編集部気付 小山内慧夢先生／里南とか先生 宛

gabriella books

MGB-129

王を孕むなんて言われましても！
修道女ですが流浪の王子に溺愛されています

2025年1月15日 第1刷発行

著 者 小山内慧夢《おさないえむ》

装 画 里南《りなん》とか

発行人 沢城了

発 行 株式会社メディアソフト
〒110-0016
東京都台東区台東4-27-5
TEL：03-5688-7559 FAX：03-5688-3512
https://www.media-soft.biz/

発 売 株式会社三交社
〒110-0015
東京都台東区東上野1-7-15
ヒューリック東上野一丁目ビル３階
TEL：03-5826-4424 FAX：03-5826-4425
https://www.sanko-sha.com/

印 刷 中央精版印刷株式会社

フォーマットデザイン 小石川ふに(deconeco)

装 丁 吉野知栄(CoCo. Design)

ISBN 978-4-8155-4355-6